Débora Fe

DINÂMICAS CRIATIVAS

PARA O ENSINO BÍBLICO

CPAD

Preparação dos originais: Miriam Anna Libório
Revisão: Luciana Alves
Capa: Rafael Paixão
Projeto gráfico e ilustrações: Flamir Ambrósio
Editoração: Leonardo Marinho

CDD: 268 - Educação Cristã
ISBN: 85-263-0638-3

Para maiores informações sobre livros, revistas, periódicos e os últimos lançamentos da CPAD, visite nosso site: http://www.cpad.com.br

As citações bíblicas foram extraídas da versão Almeida Revista e Corrigida, edição de 1995, da Sociedade Bíblica do Brasil, salvo indicação em contrário.

Casa Publicadora das Assembléias de Deus
Caixa Postal 331
20001-970, Rio de Janeiro, RJ, Brasil

1ª edição/2004

SUMÁRIO

AGRADECIMENTOS

Sou grata a Deus pela orientação do Espírito Santo que tem me guiado na construção de ideais, crença e verdade, com os quais venho conquistando batalhas.

Aos meus familiares, por serem meus companheiros de viagem na estrada da fé, e me darem apoio para continuar semeando e colhendo na lavoura do Mestre.

Aos meus amigos intercessores do CIMM (Centro de Intercessão Missionária Maanain) que são incansáveis nos combates por nosso ministério.

Aos grupos com os quais dividimos, trocamos, aprendemos, aperfeiçoamos e construímos nossas experiências, especialmente os alunos da EMAD (Escola de Missões das Assembléias de Deus).

E, como em tudo o que faço em minha vida, a gratidão a meus pais e avó por me prepararem para servir a Deus como coluna em sua obra.

METODOLOGIA

A proposta construtivista adotada na obra consiste em adquirir o conhecimento através da interação do sujeito com o objeto. O indivíduo não depende exclusivamente da memória para aprender, ficando sozinho para resolver os desafios por seus próprios meios, ou seja, as dinâmicas utilizarão experiências já construídas na vida prática e vão em busca de respostas e conceitos no mundo espiritual, social, psicológico e cultural.

Essa interação tem um papel fundamental na aquisição de conhecimento. No momento de aprendizagem, o líder propicia situações que ajudam a pessoa a planejar e agir de forma a organizar seus conhecimentos, e lhe oferece espaço para usar a palavra, pois somente compartilhando a palavra com o indivíduo será possível conhecer as bases fundamentais de suas experiências, levando-o a avançar na construção de conceitos doutrinários, sociabilização e de valores morais.

A capacidade de aprender conceitos através de jogos e brincadeiras abre uma possibilidade de decifrar o "enigma" que rodeia cada pessoa. A brincadeira é um momento de investigação e construção de conhecimentos sobre si mesmo e sobre o mundo.

Estrutura da Obra

A obra é composta de duas partes. Na primeira parte, as dinâmicas focalizarão os grupos e o nível de conhecimento interpessoal, analisando, inclusive, os diversos aspectos dos relacionamentos em estudos bíblicos programados com vistas ao crescimento, além de dinâmicas exclusivas para encontros sociais em local específico.

Os quatro capítulos iniciais são precedidos de uma abertura que tem como objetivo informar detalhes da aplicação, motivar e preparar o líder para apresentar os exercícios com segurança.

Sugere-se ao professor explorar ao máximo as atividades propostas com a participação de todos os elementos do grupo.

Durante as atividades, o grupo é constantemente solicitado a opinar sobre os diversos assuntos que são levantados através do exercício de reflexão. O objetivo é levá-lo a conversar estimulando-o a expressar opiniões e vivências pessoais.

Entre as propostas trabalhadas no livro, que podem ser realizadas durante todo o período de ensino, constam as seguintes:

- Dramatizações de situações ou textos bíblicos;
- Respostas de questões relativas ao assunto debatido;
- Comentários sobre diferenças e semelhanças de opinião;
- Declamação de poemas, crônicas e textos;
- Representação de diálogos;
- Debate ou discussão sobre temas polêmicos conduzidos pelo líder;
- Júri simulado;
- Troca de idéias sobre preferências pessoais;
- Interpretação moral dos textos sugeridos;
- Debate em painéis ou mesas-redondas sobre questões relacionadas ao assunto da dinâmica;

- Relatório oral de experiência em grupo;
- Leitura de manchete de jornal e/ou notícias inteiras e comentário.

As sugestões de atividades complementares são propostas ao final de cada dinâmica, as quais o líder poderá acolher ou adaptar de acordo com o contexto.

A segunda parte é composta de análise das parábolas intimamente relacionada aos objetivos específicos de cada aspecto do Reino, anunciado por Jesus. Como decorrência da aprendizagem, novos comportamentos são incorporados à vida prática do indivíduo.

Os desenhos também fazem parte da reflexão e análise da situação que está sendo articulada durante as dinâmicas, pois aproximam a aprendizagem das situações reais do indivíduo. Também podemos afirmar que os desenhos de certo modo provocam uma reação positiva e valorizam a narrativa.

Dinâmicas de Grupo

A palavra *dinâmica* origina-se do vocábulo grego "dynamys", que significa força. Esta é a parte da mecânica que estuda e calcula os movimentos e pressões exercidos nos corpos. Em sentido figurado, significa energia, atividade.

A dinâmica favorece o crescimento pessoal e integração na igreja local, evitando uma posição excessivamente formal dos líderes. Atitude que prejudica a integração do grupo. Propicia ao indivíduo, também, maior conhecimento de si mesmo. Leva a uma aplicação mais adequada dos dons da personalidade. Reforça o senso de responsabilidade, cultiva a tolerância e a aceitação do próximo e desperta o gosto pela atividade em equipe.

A dinâmica pode ser utilizada para atingir diferentes dimensões: pessoal, comunitária, grupo, cristã e cultural.

As águas de um rio, quando represadas e canalizadas, transformam-se em força produtiva a serviço da vida, isto porque o "potencial" destas águas é controlado. Se forem mal controladas, irrompem de forma selvagem, transformando-se em destruição e desolação.

Assim acontece nos agrupamentos na igreja. As pessoas precisam ser orientadas e discipuladas para somar forças contra as astutas ciladas do maligno. Precisam agir em cooperação e integração para evitar que desentendimentos e conflitos assumam posição de vento destruidor, espalhando mágoas e ressentimentos por todos os lados. Os salvos são fontes vivas que precisam se unir como canais de bênçãos para todos, e a igreja é o grande rio que conjuga estas diversas fontes. Através da cooperação sistemática, todos são favorecidos pela integração das pessoas interessadas em conhecer e prosseguir conhecendo ao Senhor (Os 6.3).

Todo processo de dinâmica de grupo começa com a apresentação dos seus membros, esse é o primeiro passo. Todos desejamos conhecer quem são os nossos irmãos.

Com respeito à liderança, desde os primeiros momentos da vida do grupo distinguem-se dois tipos de pessoas: as submissas, ou aquelas que estão dispostas a seguir as orientações e normas da autoridade sem questionar, e aquelas que têm seus próprios objetivos e consideram que podem crescer sozinhas. Não precisam submeter-se à autoridade do grupo.

Algumas preocupações dos mais tímidos começam a surgir:

"Serei aceito pelo grupo? Farei amigos?"

"Poderei vencer a minha timidez e apresentar minhas opiniões sem embaraço?"

"Serei respeitado em meus direitos?"

"O líder será meu amigo?"

Todos estes questionamentos têm suas causas. Compete ao líder encaminhar as atividades de forma a alcançar objetivos comuns. Conhecendo as peculiaridades pertinentes a cada indivíduo, derrubando barreiras, destruindo muros, promovendo um relacionamento profundo e autêntico, de onde surge intensa solidariedade e amizade.

Dinâmica de grupo é a técnica que fornece um antídoto permanente contra a monotonia. Facilita o convívio entre as pessoas e torna a aula agradável e estimulante. Nela, predominam o diálogo e a interação. A dinâmica de grupo quebra as barreiras da comunicação e estimula a inteligência. Treinar dinâmica é treinar-se em comunicação.

As discussões durante a exploração dos temas devem ser bem analisadas para não haver um envolvimento emocional e pessoal. Os temas precisam ser esclarecidos com fundamentos e refutação bíblica. É claro que os assuntos devem ser dirigidos pelo Espírito Santo. Com isso, muitas experiências podem ressuscitar fatores e sentimentos esquecidos no seu interior por muito tempo e que precisam de tratamento. O líder precisa estar atento, pois a manifestação pode ser uma inquietação exagerada, um sono durante a ministração, ter certas reações psicossomáticas, tais como dores de cabeça, sensação de vômito, azia e tantas outras indicadas na resposta do indivíduo à situação.

Neste momento, o líder deve estar bem atento e também dar oportunidade para que os participantes expressem a sua experiência espiritual no momento da mensagem. É claro que muitos conseguem manter uma certa reserva, apesar de saber que Deus quer renovar a sua vida.

A desconfiança é um fenômeno freqüente dentro do grupo. A falta de segurança impede a expansividade. A pessoa pode ter nutrido em seu coração que "ninguém é digno de confiança", expressão que pode impedir a bênção de Deus sobre sua vida. Estar sempre falando: "não confie em ninguém, só em si mesma" gera um desconforto para a pessoa, sempre que está em grupo, e esta, por causa das dificuldades, não conseguirá participar com prazer e alegria. Essa forte resistência ao crescimento do grupo precisa ser resolvida com dinâmicas de reflexão que venham a aclarar a situação de forma indireta.

O apoio a pessoas que passam por essas experiências deve ser incentivado de forma discreta, assim, ela se livrará de cargas emotivas e complexos de culpa dos quais ficou prisioneira durante anos, sendo cativa do medo e com vergonha de se expor por domínio da timidez. Num histórico assim, quem lucra é o Maligno que passa a acuar a pessoa durante todo o tempo com acusações, roubando-lhe a alegria da vida e da salvação.

O amadurecimento do grupo vai sendo conquistado aos poucos, conforme cada um vai se libertando de seus traumas e vivendo alegremente. Aqueles indivíduos isolados, rejeitados e sem ânimo passam a aceitar com mais convicção a liberdade conquistada no Calvário por Jesus:

"Vinde a mim, todos os que estais cansados e oprimidos, e eu vos aliviarei. Tomai sobre vós o meu jugo, e aprendei de mim, que sou manso e humilde de coração, e encontrareis descanso para as vossas almas. Porque o meu jugo é suave, e o meu fardo é leve" (Mt 11.28-30).

O convívio social é fortalecido à medida que o membro amplia a visão da regeneração e justificação. O intercâmbio de pensamentos, idéias, sentimentos, emoções e troca de experiências passa a ser mais freqüente no grupo.

Pode ocorrer também, pelo excesso de comunicação, um bloqueio com algum componente, uma reação de hostilidade por algum deslize da pessoa, emergindo um momento de tensão no grupo. Este pode estar voltado para sentimentos de rejeição, agressão, engano, etc. A pessoa que se encontra nessa situação é mergulhada pelo grupo numa cadeia, perdendo seu direito de se comunicar livremente, pois se o fizer, será rejeitada de forma velada. A disputa de classes sociais e cargos deve ser um aspecto que precisa de atenção. Também a desintegração do grupo pela resistência às mudanças poderá ser uma grande questão que não pode passar despercebida.

Enfim, a única forma de gerenciar os diversos problemas que possivelmente virão à tona é através da orientação e discernimento do Espírito Santo. Só Deus pode detectar com eficiência as informações necessárias para realizar a obra de restauração e cura de vidas. O grupo pode até iniciar com problemas, mas deve sair sarado, pronto para produzir muitos frutos.

O fenômeno da interação ocorre quando há influência recíproca. A vida em grupo favorece experiências para o desenvolvimento e crescimento individual. Pessoas com dificuldade de relacionamento social e falta de amadurecimento psicológico obterão resultados positivos se as dinâmicas forem bem conduzidas através de orientação psicológica e espiritual.

O líder deve ser simpático, tolerante e cuidadoso na maneira de conduzir as atividades. Em primeiro lugar, para não inibir os participantes; em segundo, para não favorecer a permissividade. Os deslizes devem ser corrigidos com cautela e sempre à luz da Bíblia.

Explorando o conhecimento do grupo

O medo do julgamento, decorrente da falta de controle emocional, constitui-se em barreira que muitas pessoas enfrentam quando estão em público. Por isso, muitas vezes elas não conseguem ser autênticas ou transparentes em suas atitudes. Isto prejudica o grupo e impede seu amadurecimento, ocasionando desinteresse e conseqüente desintegração.

Falar a verdade sobre os sentimentos reais e não esconder os problemas são gestos positivos para iniciar uma boa convivência. O julgamento precipitado dificulta o relacionamento entre as pessoas. O perdão também contribui para remover os traumas da mente e buscar a liberdade. Quando não conseguimos superar lembranças do que alguém nos fez, é hora de pedir socorro. O perdão é a chave do relacionamento perfeito. Outro fator negativo são os desapontamentos e decepções. Eles são pedras que impedem muitas pessoas de se libertarem de mágoas em relação a amizades e continuarem fazendo novos amigos. Esses agentes nocivos são os piores inimigos para um bom relacionamento. O sentimento de inferioridade também é um grande empecilho para uma boa convivência. A pessoa vive com medo de não agradar, não conseguir, não retribuir, enfim, não sente-se livre para abrir o coração e se envolver. O que pode ajudar bastante é o sorriso sincero e o bom humor, eles são agentes fundamentais para abrir as portas da convivência e cooperação, assim o grupo poderá atingir todos os objetivos traçados para ele.

O serviço sem intenção de recompensa, sem esperar reconhecimento, é o mais nobre ato de amor e solidariedade. Não aprendemos a servir, raramente nos ensinam essa realidade, pois, em toda a nossa vida, o trabalho para garantir a sobrevivência é o mais incentivado, e é por isso que o homem vive mais em busca de recompensas e de reconhecimento.

Embora existam muitas formas de trabalho através das quais podemos prestar serviço a outras pessoas e ao mundo, nossa vontade está normalmente concentrada no que recebemos como resultado daquilo que fazemos. Por isso, a melhor maneira de fazer o grupo crescer e amadurecer é incentivando as pessoas a servirem ao próximo.

Depois destas observações, as dinâmicas de conhecimento serão apenas uma chave para alcançar muitas conquistas, criar grandes amizades e derrubar muros que impedem a unidade do corpo.

As dinâmicas para estudos bíblicos

A Bíblia Sagrada é o guia perpétuo da Igreja. Ensiná-la é a nobre missão de cada salvo. Métodos e técnicas são instrumentos valiosos na consecução deste objetivo, além de estratégias e conteúdo adequados para estudos bíblicos; tudo isto sistematizado e reforçado através das dinâmicas.

Os temas propostos podem ser só o começo de uma seqüência de estudos dinâmicos, organizados pelo líder com vários assuntos para debate.

As orientações são colhidas na palavra de Deus e, propositadamente, planejadas para serem simples em seu entendimento e execução. Elas poderão ser melhoradas com criatividade e sabedoria dos líderes. As dinâmicas são específicas e visam a auxiliar na ministração de assuntos fundamentais para o fortalecimento da fé e amadurecimento. O método é simples e pode funcionar em qualquer situação.

O objetivo das dinâmicas visa a uma vida abundante. Aquela que Jesus veio nos dar, pois a maioria dos cristãos apresenta muita dificuldade em experimentar uma vida cheia de frutos.

Um fato importante de ser analisado é que as pessoas se lembram muito daquilo que fazem e bem pouco sobre o que ouvem. Isso quer dizer que o grupo vai aprender mais se estiver envolvido em atividades que o ajudem a compreender a lição bíblica de um modo pessoal e aplicá-la em sua vida. A aprendizagem ativa implica ensinar através de experiências; assim, o grupo vai ser estimulado a compartilhar sentimentos sobre os quais acabou de vivenciar e, a possibilidade de praticar a Palavra e frutificar será maior.

Os estudos são flexíveis e variáveis, com diversas atividades que podem ser usadas em reuniões informais, retiros e em escolas dominicais. O importante é que as atividades possam contar com a interação entre o líder e o grupo.

Para que haja maior assimilação das dinâmicas, é importante que cada reunião seja planejada, tenha a duração de 60 a 90 minutos e seja completada em um só encontro. Portanto, planeje bem o tempo a ser gasto.

Dinâmicas para os encontros sociais

O local deve ser preparado de preferência com muita área verde, espaço à vontade e com uma boa sala e um local para culto onde todos possam se acomodar sem apertos. É importante também que a casa tenha serviço de cozinha para servir as refeições.

O ambiente precisa também ter alguns espaços reservados, onde os grupos possam trabalhar mais isoladamente, sem que atrapalhem uns aos outros.

A ornamentação é uma coisa que ajuda muito. Recomenda-se que não se despreze esta tarefa. Aproveite e cole frases de boas-vindas e provérbios educativos no ambiente.

Um grupo de louvor jamais pode ser esquecido. As músicas cantadas com alegria ficarão gravadas no coração de cada pessoa sem falar que elas poderão ser cantadas durante as dinâmicas.

O roteiro de atividades deve ser bem planejado pela equipe organizadora do encontro.

Introdução

Este livro propõe fornecer ao leitor um instrumento para compreender, analisar, criticar e relacionar os múltiplos conceitos bíblicos, a fim de que cada orientador possa agir no processo de amadurecimento social e espiritual de seu grupo, dividindo as experiências construídas enquanto se relacionam.

A ordem e crescimento carecem de certa unificação ou integração, mas tais resultados agora reclamam orientação educativa nesses relacionamentos. Inúmeras questões a esse respeito despontaram em nosso coração: conceito de líder, liderança, divisões dentro dos grupos, omissões, comunicação, dominação, fases de um grupo, diferenças individuais, dificuldades para se expressar entre outras relacionadas com a interação social.

As dinâmicas aqui apresentadas são atividades sugestivas, que levam a pensar, a rever idéias, a estimular o pensamento criador dos líderes enquanto estão orientando e discipulando.

Só através do crescimento, da criatividade, da reflexão o grupo acumulará, passo a passo, experiências, tornando-se um verdadeiro corpo e crescendo bem ajustado. Ainda que em princípio aconteçam grandes dificuldades como as encontradas na igreja de Corinto:

> Porque, assim como o corpo é um e tem muitos membros, e todos os membros, sendo muitos, são um só corpo, assim é Cristo também. Pois se todos nós fomos batizados em um Espírito, formando um corpo, quer judeus, quer gregos, quer servos, quer livres, e todos temos bebido de um Espírito. Porque também o corpo não é um só membro, mas muitos. Se o pé disser: Porque não sou mão, não sou do corpo; não será por isso do corpo? E se a orelha disser: Porque não sou olho, não sou do corpo; não será por isso do corpo? Se todo o corpo fosse olho,

> onde estaria o ouvido? Se todo fosse ouvido, onde estaria o olfato? Mas, agora, Deus colocou os membros no corpo, cada um deles como quis. E, se todos fossem um só membro, onde estaria o corpo? Agora, pois, há muitos membros, mas um corpo. E o olho não pode dizer à mão: Não tenho necessidade de ti; nem ainda a cabeça, aos pés: Não tenho necessidade de ti; nem ainda a cabeça, aos pés: Não tenho necessidade de ti; nem ainda a cabeça, aos pés: Não tenho necessidade de vós. Antes, aos membros do corpo que parecem ser os mais fracos são necessários. E os que reputamos serem menos honrosos no corpo, a esses honramos muito mais; e aos que em nós são menos decorosos damos muito mais honra. Porque os que em nós são mais honrosos não têm necessidade disso, mas Deus assim formou o corpo, dando muito mais honra ao que tinha falta dela, para que não haja divisão no corpo, mas, antes, tenham os membros igual cuidado uns dos outros. De maneira que, se um membro padece, todos os membros padecem com ele; e, se um membro é honrado, todos os membros se regozijam com ele. Ora, vós sois o corpo de Cristo e seus membros em particular (1 Co 12.12-26).

O ideal de unidade no corpo, segundo a proposta do apóstolo Paulo, é que quando todos estiverem no seu lugar, assumindo posições específicas, sendo uma engrenagem ajustada e fisicamente perfeita, então a igreja terá alcançado a sua real identidade de fortaleza contra todos os ataques do Inimigo; neste refúgio as portas do inferno jamais poderão prevalecer. Esse também é o nosso desejo, queremos ver o corpo de Cristo agindo neste mundo com precisão, perfeição e sincronia. Mas enquanto o seu grupo não atinge essas etapas finais, oferecemos nossa ajuda para você começar ou continuar.

1ª Parte

Dinâmicas de Conhecimento Interpessoal

"Eu sou a videira verdadeira, e meu Pai é o lavrador. Toda vara em mim que não dá fruto, a tira; e limpa toda aquela que dá fruto, para que dê mais fruto.

Vós já estais limpos pela palavra que vos tenho falado.

Estai em mim, e eu, em vós; como a vara de si mesma não pode dar fruto, se não estiver na videira, assim também vós, se não estiverdes em mim.

Eu sou a videira, vós, as varas; quem está em mim, e eu nele, este dá muito fruto, porque sem mim nada podereis fazer" (Jo 15.1-5).

1. Luz no mundo

Objetivo: Facilitar o conhecimento entre os membros do grupo e refletir sobre a posição do cristão como luzeiro do mundo.

Material: Uma caixa de fósforos.

Procedimento: Forme um círculo em volta do líder. Esse fica no centro da sala onde os participantes serão escolhidos conforme a seqüência alfabética de seus nomes.

O primeiro se apresenta no centro do círculo e o líder entrega a ele uma caixa de fósforos. Ele terá que acender o palito e falar aspectos relativos à sua identidade: nome, onde mora, sua igreja, atividade que exerce, estado civil.

Enquanto durar a chama, a pessoa vai se fazendo conhecida no grupo. Se o palito apagar logo terá uma nova chance quando todos terminarem de se apresentar.

Para pensar: "Porque noutro tempo, éreis trevas, mas, agora, sois luz no Senhor; andai como filhos da luz" (Ef 5.8).

2. Até estourar o balão

Objetivo: Compartilhar aspectos de sua pessoa com membros do grupo.

Material: Bolas coloridas.

Procedimento: Entregue números aleatoriamente para cada participante de acordo com a quantidade. A seguir, chame em ordem crescente os números para que as pessoas formem duplas de acordo com sua numeração, exemplo: 1/2, 3/4, 5/6, 7/8, etc.

Quando todas as duplas tiverem sido formadas, cada uma troca informações detalhadas acerca de si mesmas. Após as apresentações pessoais, a primeira dupla é chamada à frente e recebe um balão vazio. O primeiro começa a inflá-lo enquanto o seu companheiro faz a sua apresentação segundo o relato conversado. Quando o balão estourar, trocam-se os papéis. Segue-se desta forma até que todas as duplas se apresentem.

Para pensar: "A melhor maneira de ajudar a apresentar uma pessoa é falar sobre suas virtudes em público".

3. Mímica

Objetivo: Dar oportunidade para que todos os integrantes se conheçam de forma agradável e criativa.

Procedimento: Organize uma apresentação com mímica chamando em primeiro lugar as pessoas que residem mais perto do local da reunião. As que moram mais distante ficarão para o final.

Inicie a encenação associando o nome com algum gesto. Mostre-lhes, através de sinais manuais, quem é você, seus gostos e preferências. Se for músico, comece a tocar seu instrumento fictício, fale sobre sua profissão, família, seu transporte para chegar à igreja, sua atividade na igreja, sua escola, etc.

Para pensar: "O testemunho calado é a melhor carta de apresentação para qualquer ser humano, pois se conhece mais a pessoa por aquilo que ela faz do que através daquilo que fala de si mesma".

4. Momentos

Objetivo: Possibilitar conhecimento das experiências no dia-a-dia do grupo.

Material: Pequeninos presentes bem embrulhados em papéis coloridos contendo bala, tesoura, espinho, lenço, sal, pedrinha, figura de rosto sorrindo, um limão, e o texto "Momentos" bem dobrado dentro de uma caixinha de presente.

Procedimento: Faça pequeninos embrulhos e coloque-os numa cesta. Cada pessoa do grupo deve pegar o presentinho sem saber o que contém. Ao sinal do líder, todos devem abri-lo e falar sobre o que encontrou nele, relacionando o que recebeu com sua história de vida. Quem receber a bala falará sobre seus momentos doces e alegres. Quem receber o sal falará sobre períodos de provas. Quem receber o espinho falará sobre um problema que causou feridas em si mesmo e nas pessoas ao seu redor. Quem receber a pedra poderá falar sobre a pedrinha que carrega no sapato que muitas vezes o impede de caminhar. Quem receber a tesoura falará sobre algo que precisa cortar de sua vida. Quem receber o limão falará sobre as coisas amargas e azedas que enfrenta no dia-a-dia. Quem receber o lencinho falará dos momentos de dor. Quem recebeu uma caricatura dando gargalhada, falará de um momento de muita alegria. Quem receber a mensagem bem dobradinha dentro de uma caixinha, será o último a se apresentar e lerá a reflexão para o grupo.

Para pensar:

Momentos

"Existem histórias para todas as horas. São aqueles minutos intermináveis que deixam doces lembranças ou marcas profundas no coração da gente.

Momentos em que estendo as mãos e procuro um amigo, companheiro de oração, companheiro para todas as situações, que não se cansa de me ouvir e me faz sorrir.

Momentos de gargalhadas gostosas, que envergo até o chão. Esse estado contagiante alcança uma multidão que descobriu o gesto mais simples de irradiar alegria.

Momentos turbulentos, que não gosto de me recordar, é um corre-corre apressado para pedir socorro urgente, mas nesses instantes estou sendo provado, aprendendo a confiar no Pai amado.

Momentos de tristezas, quando começo a chorar por perdas e decepções e cálices amargosos que tenho que tomar sozinho e não posso rejeitar; vou gemendo até o chão.

Momentos de aflição, neles a minha alma estremece e turva meu coração. É quando cometo pecado e não quero confessar, nem meu irmão perdoar.

Momentos que me fazem chorar, quando estou arrependido de magoar um amigo que ficou todo ferido pelas palavras pesadas com que lhe esmaguei o coração.

Mas o melhor de todos os momentos é esse aqui, agora, em que conheço mais uma parte de meu irmão desconhecido, que pertence ao corpo de Cristo, isso traz grande emoção!"

5. Musical dos nomes

Objetivo: Promover uma aproximação alegre e conhecimento entre o grupo.

Procedimento: Oriente cada componente do grupo para que pense em um cântico bem conhecido e faça uma adaptação da letra. Os participantes sentam-se formando um círculo. O líder pede que cada pessoa comece a cantar a música com a versão pessoal para a apresentação.

Exemplo com a música do corinho "Celebrai a Cristo":

Eu cheguei aqui, eu cheguei (Bis)
Muitos amigos encontrei, e o meu nome anunciei.
(A pessoa fala o seu nome alto.)
Vamos celebrar, Jesus! Vamos celebrar, Jesus!
Como é bom este lugar! (bis)

O grupo apresenta suas composições até que todos se conheçam através da música.

6. Comendo maçãs

Objetivo: Promover apresentação dos participantes do grupo.

Material: Uma cesta com maçãs ou qualquer fruta de época.

Procedimento: Faça a apresentação das frutas dizendo que cada pessoa representa um fruto que alguém plantou, semeou e regou. O crescimento cristão é resultado do amor e carinho que pessoas especiais cultivaram. Agora todos precisam conhecer detalhes da personalidade uns dos outros. A seguir, entregue a cesta de maçãs para que, ao som de uma canção, ela corra de mão em mão. Ao sinal do líder, interrompe-se o exercício. A pessoa que ficou com a cesta na mão apresenta-se ao grupo. Quando tiver terminado, pega uma maçã e a dinâmica continua até que a maioria tenha se apresentado. No caso de uma mesma pessoa ficar mais de uma vez com a cesta, falará um versículo bíblico de cor e passará a cesta. Ao final, a maçã é saboreada.

Para pensar: "O justo florescerá como a palmeira; crescerá como o cedro no Líbano. Os que estão plantados na Casa do Senhor florescerão nos átrios do nosso Deus. Na velhice ainda darão frutos; serão viçosos e florescentes" (Sl 92.12,13).

7. As cadeiras

Objetivo: Promover conhecimento e integração no grupo.
Material: Cadeiras para cada pessoa, formando um círculo.
Procedimento: Leve o grupo a formar um círculo ao redor das cadeiras. Antes de iniciar a dinâmica, deve-se tirar uma cadeira. Em seguida, explique que, enquanto a música é tocada, cada um vai circulando até que a música é suspensa e todos se sentam. A pessoa que ficou sem cadeira faz a sua apresentação declarando detalhes sobre sua vida.

8. Orquestra

Objetivo: Possibilitar conhecimento de forma agradável e espontânea.

Material: Um cartão contendo a gravura de um instrumento musical para cada pessoa. A gravura do instrumento pode se repetir.

Procedimento: Peça que os participantes se levantem um após o outro para pegar os cartões com gravura, que estarão expostos sobre a mesa. Todos passarão, olharão as figuras e escolherão uma. Quando estiverem com a figura dos instrumentos, o líder pede que cada músico faça a sua apresentação musical. A pessoa irá se levantar, tocará o seu instrumento fictício e se apresentará de forma cantada, falando seu nome, onde mora, o que faz, seu estado civil, etc. Quando todos tiverem se apresentado, o líder entoa um cântico saudando os visitantes e todos irão tocar os seus instrumentos, formando uma grande orquestra imaginária. Os instrumentos poderão ser, por exemplo: pandeiro, triângulo, violino, violão, teclado, acordeão, bateria, harpa, chocalho, instrumentos de sopro, etc.

Para pensar: "A alegria contagia até os corações mais tristes, por isso a melhor maneira de viver é expressando a felicidade e dando alegria ao próximo".

9. O rádio

Objetivo: Desenvolver a capacidade de silenciar para ouvir a voz do coração.

Material: Rádio de pilha.

Procedimento: Comece a dinâmica comentando sobre a importância do silêncio. Calar não é muito fácil para algumas pessoas, mas o silêncio é muito importante para escutar a voz de Deus e o gemido do próximo. A seguir, divida a turma em três grupos escolhendo um representante para cada equipe. Peça que eles se retirem por alguns minutos e imediatamente esconda o rádio ligado bem baixinho. Chame-os novamente para que encontrem-no. Os três começarão as buscas para localizar o rádio ligado. O representante do grupo que encontrá-lo será o vencedor.

Após encontrar o rádio, cada grupo irá procurar textos bíblicos sobre o silêncio para fixar num mural. O grupo que achar o maior número de versículos ganha um prêmio.

10. Mistura de frases

Objetivo: Refletir sobre os textos bíblicos, estímulo à atenção e à percepção.

Material: Papel, Bíblia, frases bíblicas curtas e conhecidas.

Procedimento: Escreva em cartolinas frases bem conhecidas, proferidas por Jesus, com a ordem embaralhada. Exemplo: "Misericórdia quero, não sacrifício" (Mt 9.13); "Vós sois a luz do mundo" (Mt 5.14);

"Vós sois o sal da terra" (Mt 5.13); "Não julgueis, para que não sejais julgados" (Mt 7.1); "Dai a César o que é de César, e a Deus o que é de Deus"(Mt 22.21); "A candeia do corpo são os olhos; de sorte que, se os teus olhos forem bons, todo o teu corpo terá luz" (Mt 6.22); "Amai a vossos inimigos, bendizei os que vos maldizem, fazei bem aos que vos odeiam, e orai pelos que vos maltratam e vos perseguem" (Mt 5.44).

Organize o grupo em duplas e, em seguida, entregue aleatoriamente as frases explicando que cada dupla terá dez minutos para discutir sobre o tema. Depois o líder organiza novamente o grupo em círculo e, em seguida, cada um faz a sua exposição.

11. Abra o teu olho

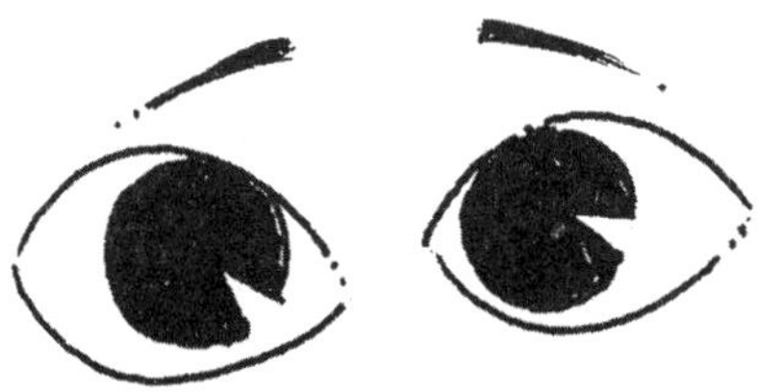

Objetivo: Sensibilizar os elementos do grupo a utilizar bem os olhos para que observem a diferença entre ver e olhar. Não deixar passar despercebidas as pessoas maravilhosas que estão ao seu lado.

Procedimento: Exponha a necessidade de o homem aprender a ver. Na vida, muitas pessoas olham o mundo, mas não conseguem vê-lo. A seguir, convide os presentes a observarem o colega que está à direita, procurando ver como ele é fisicamente. Depois de alguns minutos, chame cada pessoa para falar sobre as observações realizadas.

Faça-lhes as seguintes perguntas:

- Qual o detalhe que mais lhe chamou a atenção na pessoa?
- Qual a cor de seus olhos?
- Fale sobre o seu sorriso.
- Qual a maneira da pessoa se expressar?

Para pensar: "Nada no mundo é insignificante, por isso valorizemos todos os detalhes ao nosso redor".

12. As aparências

Objetivo: Focalizar a diferença que existe entre atitudes mecânicas e gestos carinhosos.

Material: Papel e fita adesiva dupla face.

Procedimento: Conforme as pessoas forem chegando, recebem um papel para colar na testa sem poder ler o que está escrito nele.

Ao sinal, cada um começa a realizar o que está escrito na testa da pessoa que está em sua frente.

Quando outro sinal for dado, cada pessoa tentará acertar o que está escrito na sua própria testa.

Sugestão de tarefas:

- Aperte a minha mão - Converse comigo - Me conte um caso
- Preciso de um sorriso - Me abrace - Faça uma careta
- Me peça perdão - Me conte um segredo - Me dê um beijo

Em seguida organize a turma em círculo e comente sobre a questão das aparências.

Para pensar: Às vezes, a pessoa age como máquina, repetindo gestos mecanicamente para agradar àqueles que estão ao redor, mas na verdade o sentimento não é sincero.

13. Aviões ligeiros

Objetivo: Descontrair, aquecer e desenvolver criatividade na apresentação individual, bem como promover integração e conhecimento.

Material: Folha de papel ofício e lápis.

Procedimento: Ressalte a importância de que, na convivência em grupo, as pessoas precisam manter um comportamento descontraído e alegre. Para isso, distribua as folhas e faça com que cada um escreva detalhes sobre sua identidade, característica e ocupações. A seguir, todos devem confeccionar aviõezinhos e, após o sinal do líder, deverão lançá-los no ar para que, ao aterrissar, cada componente do grupo pegue um, desfaça e busque a pessoa que se enquadra nos itens que cada um assinalou, e converse sobre os detalhes da apresentação com entusiasmo.

Para pensar: "A amizade é o reflexo de uma alma que sabe admirar o homem não pelo que é, mas porque está convicto que é seu irmão de fato e de verdade, pois todos nós somos imagem e semelhança daquele que fez, faz e sustenta todas a coisas".

14. O presente

Objetivo: Promover conhecimento e amizade no grupo.

Material: Uma caixa bem enfeitada com um laço de fita.

Procedimento: Entregue o presente e convide as pessoas a se sentarem em forma de círculo, e explique como fazer o exercício.

Enquanto se entoa uma música, o presente corre de mão em mão. A um sinal, interrompe-se o exercício. A pessoa que ficou com o presente, apresenta-se ao grupo como um presente de Deus para a equipe. Diz seu nome e o que gosta de fazer nos momentos livres. O exercício continua assim até que a maioria tenha se apresentado. No caso de uma pessoa ficar mais de uma vez com o presente, o grupo tem o direito de lhe fazer uma pergunta ou pedir para que realize uma tarefa: contar um fato engraçado, cantar, fazer mímica, contar uma história, uma pergunta bíblica, enfim, a tarefa pode variar bastante.

Para pensar: "A amizade é um tesouro verdadeiro, pois sendo bem cuidado pode durar a vida inteira".

15. Segredos do coração

Objetivo: Incentivar a reflexão sobre os segredos escondidos no coração.

Material: Papel em modelo de coração e lápis.

Procedimento: Escreva em letra de forma um defeito, problema ou dificuldade que você possui, sem colocar nome no papel. O coração deverá então ser dobrado e colocado dentro de uma caixa.

Misture bem os corações e circule a caixa pelo grupo. Cada membro tira um papel, que não seja seu. Um a um, todos abrirão os corações sorteados e, falando sempre na primeira pessoa, "EU", tentarão encontrar uma solução para o respectivo problema.

Para pensar: "Como contribuir para a solução dos problemas alheios?" "É fácil assumir como seu o problema do outro?" "Há algum caso especial que gostaria de comentar? Por quê?"

16. O brasão

Objetivo: Favorecer o conhecimento entre o grupo, bem como os valores e características pessoais.

Material: Uma folha, lápis para colorir e lápis para escrever.

Procedimento: Em 15 minutos, cada componente deverá criar um brasão.

Brasão é um distintivo de pessoa ou família nobre, conferido, em regra, por merecimento.

Como nobres do Reino de Deus, cada elemento do grupo deve pensar em todas as suas experiências de combate e desenhar algo que retrate sua vida cristã como guerreiro fiel.

Para pensar: "Mas vós sois geração eleita, o sacerdócio real, a nação santa, o povo adquirido, para que anuncieis as virtudes daqueles que vos chamou das trevas para sua maravilhosa luz" (1 Pe 2.9).

17. Juntando letras

Objetivo: Refletir sobre os verdadeiros valores de uma amizade, bem como proporcionar aprendizagem.

Material: Letras grandes, feitas de papel cartão que formem palavras para pendurar no pescoço.

Exemplo: fiel, sincero, piedade, humor, segredos, respeito, confiança, perdão, amor.

Procedimento: Coloque todo o grupo em círculo e distribua as placas com as letras embaralhadas, para que forme palavras. Não poderá restar letras. Oriente cada pessoa do grupo que pegue uma placa, procure as letras e construa palavras fundamentais para conservar uma grande amizade.

Quando a palavra for encontrada, cada pessoa que a formou deverá sentar-se em grupo e conversar sobre o valor da palavra em relação à amizade. Após quinze minutos, o líder começa a ouvir os grupos discursarem sobre o seu assunto.

Para pensar: "Na verdadeira amizade não existe perigo, traição ou falsidade, basta convidar Jesus para estar no meio".

18. Varal do desejo

Objetivo: Proporcionar troca de sentimentos, mensagens carinhosas, solidariedade e incentivo ao exercício da amizade e do relacionamento interpessoal sadio.

Material: Varal de barbante, papel e caneta.

Procedimento: Estique um varal diante do grupo com prendedores. Peça que cada pessoa escreva, num pedaço de papel, o seu nome e o que deseja naquele momento. Esse desejo tem que ser algo que possa ser realizado enquanto durar a dinâmica. Quando todos terminarem de escrever, dobra-se bem o pedido e entrega-se ao líder que pendurará o desejo no varal. Ao término da primeira etapa, cante um hino e o grupo levanta-se para que, de maneira ordenada, retire um papel do varal. Procure saber de quem é o desejo. Todos terão dez minutos para providenciar o desejo de seu amigo. Quando estiverem prontos, inicia-se a segunda parte da dinâmica. Todos deverão estar sentados em círculo para ler o desejo do amigo e realizá-lo.

Para pensar: "Disse Jesus: Amarás ao Senhor teu Deus de todo o teu coração, e toda a tua alma, e de todas as tuas forças, e de todo o teu entendimento, e ao teu próximo como a ti mesmo" (Lc 10.27).

19. O corpo

Objetivo: Exercitar a liderança, possibilitar o trabalho em equipe, desenvolver a comunicação, cooperação e planejamento.

Material: Cartolina colorida, caneta hidrocor e cola.

Procedimento: Divida o grupo em equipes entregando-lhes cartolinas de cores diferentes. Peça-lhes que desenhem partes de um corpo: cabeça, pernas, braços, tronco, coxas, mãos, pés. Enfim, as partes serão divididas conforme o número de grupos existentes no ambiente. A segunda parte da tarefa será montar o quebra-cabeça até formar um boneco completo.

Em terceiro lugar, quando o boneco estiver pronto, mesmo que disforme, deve-se falar sobre o valor da união ao planejar. Por melhor que sejam os projetos, a forma correta de realizá-lo é em unidade, trocando idéias. As cores diferentes existentes no boneco indicam que o ser humano tráz consigo peculiaridades diversas, mas todas precisam passar pelas mãos do Oleiro para moldá-lo e prepará-lo, fazendo então, parte do corpo, não como um estranho, mas como um irmão.

Agora repita o exercício no grupo integrado. Todos juntos desenharão o boneco, observando todos os detalhes; assim, o corpo não será estranho, mas um corpo apreciado por todos.

Ao final coloque os dois bonecos em exposição.

Para pensar: "Rogo-vos, porém, irmãos, pelo nome de nosso Senhor Jesus Cristo, que digais todos uma mesma coisa, e que não haja entre vós dissensões; antes, sejais unidos, em um mesmo sentido e em um mesmo parecer" (1 Co 1.10).

20. Conhecimento

Objetivo: Descontrair, aquecer, desenvolver criatividade na apresentação individual e promover integração e conhecimento.

Material: Tarjas pretas para que todos coloquem nos olhos.

Procedimento: Coloque as tarjas e peça que circulem pela sala, ou que troquem de lugar umas três vezes, até perderem a noção de onde estejam. Ao sinal com apito ou palmas, podem sentar-se e segurar a mão de quem esteja ao seu lado direito e, com a mão esquerda, retire a tarja. Converse com a pessoa sobre detalhes acerca de sua identidade, preferências e ocupação profissional. O importante é que se conheçam, troquem endereços, telefones e comecem um processo de amizade. Depois da conversa o professor entregará cartões para que cada um escreva e ofereça uma mensagem bem calorosa ao novo amigo.

No segundo momento, peça que troquem idéia sobre questões referentes à amizade:

- Quantos amigos você tem? Quais os nomes?
- Já houve necessidade de proteger um deles?
- Alguma vez você já foi traído por algum? Era mesmo seu amigo?
- Como você provaria sua amizade para alguém?
- Você gostaria de ganhar novos amigos? Por quê?

21. O prisioneiro

Objetivo: Apresentar a dimensão dos problemas causados pela falta de perdão e as suas conseqüências. Argumentar que o perdão é a melhor solução para consertar relacionamentos rompidos.

Material: Cartolina preta, tesoura e régua para que confeccionem uma prisão.

Procedimento: Confeccione uma grade, primeiramente cortando as tiras pretas com a medida de 2cm cada uma. Em seguida, comece a montar a grade com os espaços todos da mesma medida. Quando estiver pronta, escolha um elemento do grupo, coloque-o diante da classe e ponha a grade em sua frente. Ele representará o prisioneiro que foi sentenciado por falhar em algum sentimento e, portanto, sua alma perdeu a liberdade.

A seguir, o líder apresenta um cartaz com as perguntas abaixo:
- Está preso por quê?
- O que você fez?
( ) Incompreensão na hora do conflito.
( ) Sinceridade exagerada em relação ao outro.
( ) Falta de coragem para mostrar seus verdadeiros sentimentos.
( ) Falar a verdade na hora errada.
( ) Não aceitar a opinião do outro.
( ) Mágoa e dificuldade em perdoar.

Para pensar: "Se, porém, não perdoardes aos homens as suas ofensas, também vosso Pai vos não perdoará as vossas ofensas" (Mt 6.15).

22. Unidade

Objetivo: Desenvolver o sentido de unidade e fraternidade
Material: Um copo de água, um antiácido e bolinhas de isopor.
Procedimento: Inicie a dinâmica falando sobre a Igreja como o Corpo de Cristo; ela é um organismo que não pode existir sem que seus membros estejam em homogeneidade. Os ensinos bíblicos perpetuam e reforçam essa unidade, fixando com antecedência na alma dos irmãos as similitudes essenciais que a vida coletiva necessita. A consciência de unidade desenvolve em cada indivíduo o senso de responsabilidade, garantindo assim sua estabilidade no grupo.

Depois da introdução, comece a dinâmica dividindo a turma em dois grupos e entregando um copo de água com um comprimido de sonrisal para o primeiro grupo e bolinhas de isopor em um copo de água para o segundo grupo. Peça que as duas equipes façam uma análise e reflitam:

1º grupo: Comparar um recém convertido com o comprimido de sonrisal.

- O que aconteceu quando o comprimido entrou em contato com a água?
- Na igreja, quando uma pessoa chega, perde logo a sua identidade?
- Como acontece esse processo?
- Na interação da água + comprimido surgiu um novo elemento, o remédio, um elemento útil para quem estiver doente. Pergunta-se: Como você observa a transformação sofrida pela ação da Palavra de Deus na vida do homem?

- Analisando os dois elementos separadamente, observamos que ambos perderam a sua identidade primária por um projeto maior — ser remédio. Pergunta-se: É fácil renunciar? Justifique.

2º grupo: Comparar a pessoa sem Cristo, com a mistura água + isopor.

- Houve inter-relacionamento entre a água e o isopor? Por quê?

- Como agem as pessoas que não tiveram um encontro com o amor de Deus?

- O egoísmo e individualismo podem ser considerado como um aspecto nocivo à fraternidade?

- O texto bíblico fala que os ímpios "são como a moinha que o vento espalha" (Sl 1). Você concorda? Justifique?

23. Mudanças

Objetivo: Perceber que as emoções proporcionam energias que motivam a conduta humana. Ressaltar que as oscilações de temperamento são reações que precisam ser controladas.

Material: Papel branco para desenhar a lua em suas quatro fases.

Procedimento: Comece a dinâmica falando sobre as fases da lua, pois à medida que se move em sua órbita ao redor da Terra, a lua mostra fases que variam conforme sua posição em relação ao sol durante determinado período. Na fase chamada lua nova, a face que a lua apresenta para a Terra está completamente na sombra. Aproximadamente uma semana mais tarde, a lua entra no seu primeiro quarto (chamado quarto crescente), mostrando a metade do globo iluminada; sete dias depois, mostra toda sua superfície iluminada (é a lua cheia); mais outra semana, e exibe o último quarto, quando volta a mostrar meio globo iluminado (quarto minguante).

Faça uma aplicação com as quatro fases da lua em relação as fases espirituais de cada irmão. Se estas fases não estiverem no controle do Espírito Santo, os desastres serão certos, pois todos têm momentos de muito brilho, pouco brilho e até apagado.

Depois do comentário, comece a dinâmica distribuindo uma folha de papel; peça que a folha seja dobrada em quatro e que desenhem nela as quatro fases da lua:

1ª fase: lua nova completamente sombreada;

2ª fase: lua crescente, onde só aparece a metade;

3ª fase: lua cheia bem redonda e luminosa;

4ª fase: lua minguante com metade coberta.

Peça que escrevam no quadro as suas fases emocionais e espirituais. A análise deve ser escrita com alguns detalhes, principalmente como encaram estes quatro momentos:

Fases do cristão	Comportamento individual	Reação das pessoas	O perfil das emoções	O desejo de mudança	Nível de comunhão com Deus
Lua nova					
Lua Crescente					
Lua Cheia					
Lua Minguante					

Depois, peça que cada um apresente o seu gráfico aos colegas. Antes de terminar, pergunte qual a fase pela qual passa atualmente e como se sente: em sombras; crescendo; fase cheia de vitórias ou minguando?

Para pensar: "Há momentos em que a pessoa está como a lua nova, sendo renovada no silêncio, nas sombras das asas do Senhor. Neste estágio, geralmente há conflitos, pois as pessoas não compreendem este momento de silêncio, onde todas as ferramentas espirituais estão nas mãos do Senhor para ajuste. Segundo aqueles que estão vendo somente pela ótica humana, o cristão está acabado, gelado e sem brilho; mas esses críticos não vão perguntar ao Senhor o porquê da falta de brilho exterior. Se perguntarem e esperarem a resposta de Deus, vão ouvir o Senhor falando que o servo está em tratamento especial. Na segunda fase, chamada crescente, o cristão, depois do recolhimento espiritual, começa a mostrar só a metade das muitas experiências que teve com Deus nos momentos de sombras, durante as muitas provas; por isso só aparece aquela parte linda que foi iluminada pelo Senhor. Na terceira fase, o servo começa a brilhar, seu brilho alcança todos os lugares. A lua cheia é um período glorioso, pois todos admiram e são inspirados a compor músicas e poesias quando passam a contemplar aquele brilho incandescente nas noites estreladas. Existe um louvor da Harpa Cristã que diz: "Os mais belos hinos e poesias foram escritos em tribulação, e do céu, as lindas melodias se ouviram na escuridão". Mas chegou o momento de mais uma reclusão. Na última fase, vai esconder-se novamente para um novo ajuste. Esse é o momento de minguar, a lua vai se escondendo debaixo da majestosa sombra do Salvador".

24. A árvore

Objetivo: Refletir sobre a forma de viver do Corpo de Cristo — a Igreja. Observar se o princípio de unidade é bem compreendido pelos seus membros.

Material: Folha e lápis.

Procedimento: Inicie a dinâmica falando que a Bíblia tem uma definição muito clara sobre a igreja de Deus: "Porque onde estiverem dois ou três reunidos em meu nome, aí estou eu no meio deles" (Mt 18.20). Essa afirmação precisa ser bem compreendida, pois quando existem duas pessoas em unidade espiritual e afetiva, Deus está no meio. Assim, a Igreja de Deus já está estabelecida. Esse princípio pode ser bem aplicado no grupo familiar. Se a família viver unida em adoração a Deus e com um bom relacionamento, a Igreja já estará estabelecida desde o lar, quando chegar ao templo, quando as famílias se reúnem para cultuar, a sua representatividade passa a ser tremenda no mundo espiritual e físico, assim ela torna-se uma potência na terra.

Depois da introdução, peça que desenhem uma árvore. No caule escreva o nome Igreja, depois, comece a desenhar as folhas de tamanho médio para que possa escrever o nome das pessoas que estão em unidade afetiva, social e espiritual; pode começar com os membros da família e depois com as pessoas com as quais não possui laços familiares, mas que fazem parte do Corpo de Cristo, pois vivem em completa unidade, servindo a Deus plenamente.

Oriente que só escrevam os nomes daquelas pessoas com quem realmente se relaciona, pois se não está em unidade plena e não vive em comunhão, não é corpo; se não é corpo, não é Igreja.

Nas flores escreva o nome de realizações que têm feito como Corpo de Cristo, isto é, como Igreja. Por fim, desenhe os frutos e escreva neles as muitas conquistas colhidas pela Igreja.

Quando a tarefa da árvore estiver concluída, fale sobre a importância da amizade, unidade, amor e fraternidade na igreja; não importa se ela funcione no lar ou no tempo, a Igreja somente será estabelecida de fato, se houver firmeza de propósitos e profundo sentimento de unidade e amor; assim, crescerá e será firme, nem as portas do inferno vão prevalecer contra ela (Mt 16.18).

Ao terminar a tarefa, não deixe de observar o tamanho das árvores e o número de folhas, flores e frutos desenhados. A árvore definirá se a pessoa realmente compreende o que é a Igreja de Cristo, se vive inserida no corpo de Cristo ou vive uma fé individualista.

Para pensar: "Eu sou a videira verdadeira, e meu Pai é o lavrador. Toda a vara em mim que não dá fruto, a tira; e limpa toda aquela que dá fruto, para que dê mais fruto.

Vós já estais limpos, pela palavra que vos tenho falado. Estai em mim, e eu, em vós; como a vara de si mesma não pode dar fruto, se não estiver na videira, assim também vós, se não estiverdes em mim.

Eu sou a videira, vós, a varas; quem está em mim, e eu nele, este dá muito fruto, porque sem mim nada podereis fazer.

Se alguém não estiver em mim, será lançado fora, como a vara, e secará; e os colhem e lançam no fogo, e ardem.

Se vós estiverdes em mim, e as minhas palavras estiverem em vós, pedireis tudo o que quiserdes, e vos será feito" (Jo 15.1-7).

25. A tosquia

Objetivo: Permitir uma avaliação sobre o gesto de doar e suas implicações.

Material: Uma figura de ovelha e lápis.

Procedimento: Introduza a dinâmica pedindo que todos leiam o texto bíblico: "E era um o coração e a alma da multidão dos que criam, e ninguém dizia que coisa alguma do que possuía era sua própria, mas todas as coisas lhe eram comuns" (At 4.32). A seguir, faça o comentário dizendo que desde o nascimento até a morte, o homem está sempre exercitando a solidariedade; está sempre procurando interagir com o seu próximo. A Igreja Primitiva vivia todos os princípios de unidade e doação ensinados pelo Mestre, o exercício de dar e receber era praticado sem dificuldade.

Após a introdução, distribua uma ovelhinha para cada pessoa e fale que até os animais nos ensinam sobre a importância de doar. As ovelhas quando tosquiadas ficam caladas enquanto toda sua lã é cortada; é claro que nos primeiros dias elas sentem frio, mas logo se acostumam com a falta da lã.

Peça que observem a ovelhinha em suas mãos e se coloquem no lugar de uma ovelha tosquiada. A seguir, escreva as seguintes perguntas no quadro:

- Você deixaria tosquiar-se facilmente?
- Você já foi usado para tosquiar alguém?
- Quantas pessoas você já tosquiou?
- Quantas vezes já se sentiu tosquiado(a)?
- O que faria com sua lã?
  ( ) Doaria? Para quem?
  ( ) Venderia? A quem?
  ( ) Trocaria? Por qual mercadoria?
  ( ) Se dividisse, para quem daria?
- Para que serviu a dinâmica?

26. A nuvem

Objetivo: Perceber que cada cristão precisa se esforçar para que as pessoas ao redor sejam mais felizes e consigam alcançar alvos.

Material: Desenho de nuvens e caneta.

Procedimento: Cada ser humano tem uma história de vida. Os problemas começam a surgir quando os grupos adquirem experiências de vida; todos querem transformar o seu espaço físico em verdadeiros paraísos, muitos não conseguem atingir alvos de prosperidade e riqueza, relacionamentos e outros aspectos necessários para que a felicidade seja completa. Quando não conseguem, passam a viver em verdadeiros desertos, pois os problemas são tantos que a pessoa tem muitas dificuldades a superar.

Depois das primeiras considerações, distribua uma nuvem bem bonita. Peça que cada um escreva o seu nome e passe a responder as seguintes perguntas no seu verso:

Se você tivesse que deslocar uma nuvem carregada de água para algum lugar, onde seria o lugar que receberia os pingos de chuva?

- Sua família?
- Seu relacionamento amoroso?
- Sua vida profissional?
- Em sua própria vida?
- Em sua igreja?
- Nos seus estudos?
- Em sua classe de estudo bíblico?
- Sobre a vida de seu amigo?
- Na casa do seu vizinho?
- Sobre o país onde vive o missionário adotado por você?
- Sobre a vida e ministério do seu pastor?

27. Brilhante

Objetivo: Possibilitar ao grupo um momento de análise sobre situações que impedem que o brilho do rosto seja refletido.

Material: Distribua folha de papel e lápis.

Procedimento: Comece a dinâmica dizendo que todos conhecem o seu potencial de conquistas para viver. Há pessoas que são mais afetivas e carinhosas, estimulam o crescimento de companheiros e com isso crescem também; estão sempre rompendo barreiras, conseguindo superar problemas de forma milagrosa. Outras vivem com medo latente de tudo, principalmente pelo fato de nunca conseguirem superar dificuldades e começar a ver frutos positivos do esforço humano. O rosto apagado precisa ser revigorado pelo Senhor. A Bíblia diz: "Quem é como sábio? E quem sabe a interpretação das coisas? A sabedoria do homem faz brilhar o seu rosto, e a dureza do seu rosto se muda" (Ec 8.1).

A seguir, peça que desenhem um belo sol. Após terminar a tarefa, devem pensar e responder:

- Onde preciso brilhar?
- Quais os lugares do dia que preciso brilhar como o sol?
- Quais os lugares noturnos que preciso brilhar como a lua?
- Onde preciso ser uma estrela reluzente durante a noite?
- Qual o meu esforço empregado?
- Quais as dificuldades que preciso superar?
- A falta de brilho no rosto é devido a:

( ) Saudade de alguém ( ) Saúde ( ) Falta de dinheiro
( ) Mal humor ( ) Falta de perdão ( ) Sentimento invejoso
( ) Ciúme excessivo ( ) Paixão não correspondida
( ) Falta de oportunidade
( ) Falta de uma profunda comunhão com Deus
( ) Falta de tempo para a prática da leitura bíblica

Para pensar: A maior dificuldade que o homem precisa superar estão escondidas no seu interior; se conseguir derrotar os grandes gigantes que o impedem de enxergar as muitas dificuldades, o quadro de derrota e sofrimento será totalmente revertido.

28. Arco-íris

Objetivo: Explorar a riqueza de valores e virtudes que existem na pessoa humana, apesar das dificuldades que existem para se relacionar.

Material: Tiras de papel colorido de vários tons: marrom, preto, vermelho, amarelo, rosa, azul, branco, verde claro, verde escuro, laranja.

Procedimento: Espalhe as tiras de papel sobre a mesa; cada um deverá pegar cinco cores diferentes e colar para montar um arco-íris. Depois de pronto, escrever em cada cor o nome de pessoas de seu convívio social.

Peça que respondam as seguintes perguntas:

- Qual é a sua relação com as pessoas do seu arco-íris?

( ) É harmoniosa ( ) É nervosa ( ) Age sempre com desconfiança

( ) É amorosa ( ) És criterioso para agir ( ) Descontrola-se facilmente

( ) Está sempre atento aos seus problemas

( ) Procura ser compreensivo

( ) Vive sempre em paz ( ) É solidário sempre

Se as respostas forem positivas, você consegue harmonizar bem a sua maneira de ver, julgar e agir em grupo; essa forma pacífica de viver é uma virtude muito positiva.

Para pensar: "O homem é constituído de três dimensões: física, psicológica (a alma) e espiritual. O corpo físico pode ser tocado, medido e pesado. Nossos mais íntimos segredos físicos se descobrem aos olhos de um cirurgião durante uma operação. As máquinas, de alta resolução podem reproduzir com perfeição a figura de ossos, órgãos e partes interiores do corpo, porém, nenhum cirurgião, ou máquina utilizando as mais modernas tecnologias, pode alcançar plenamente a mente do homem e deduzir nossas atitudes mentais somente pelas nossas expressões físicas de dor e alegria, ou comportamentos diversos.

As ações de um indivíduo é o meio pelo qual conseguimos nos recordar dele, pois a primeira coisa que lembramos quando nos relacionamos com as pessoas, são as suas tendências, entusiasmos, simpatias e antipatias, as coisas pelas quais se esforça e as coisas contra as quais luta diariamente.

Quando lembramos das pessoas, pensamos nos seus sentimentos, suas palavras, impulsos, ideais e desejos; não pensamos em suas mãos, ou em seus pés, nem em seu nariz, nem em seu coração, nem em seus pulmões, mas em sua personalidade, que é imaterial e consiste na soma total de sua conduta com referência aos fatores mentais. O corpo funciona mais harmoniosamente quando o amor domina os nossos comportamentos, quando a ternura, a alegria, a felicidade, a simpatia prevalecem. Sentimentos como o de inferioridade podem inibir a livre relação com os nossos semelhantes, e se esses sentimentos de inadaptação se desenvolvem muito, o horizonte mental se contrai seriamente e os contatos sociais, tão fundamentais para o desenvolvimento harmônico do ser humano, se perdem.

Se a vergonha, a angústia, o ódio, a inveja, os ciúmes atingem o centro de nossos relacionamentos, ficamos em estado de cansaço, incapacidade e desespero. A vergonha, o semblante fatigado da angústia, as expressões faciais do ódio e da inveja são testemunhas do efeito prejudicial dessas emoções sobre as pessoas que amamos".

29. Puxa-puxa

Objetivo: Atenção, agilidade e testar as emoções no momento de autodefesa.

Material: Tira de tecido bem forte ou barbante bem grosso de 70cm.

Procedimento: Divida a turma em dois grupos iguais: o primeiro receberá as tiras de tecido para amarrar no tornozelo; o segundo vai tentar pisar na tira do pé para neutralizar os colegas em três minutos. Não pode utilizar os braços, somente a força dos pés para se soltar. O grupo vencedor será aquele que conseguir ter mais pessoas presas ou que perderam a tira. Depois da primeira rodada, troca-se as posições, o grupo que foi perseguido será o perseguidor dos pés.

Após a brincadeira, comece a perguntar sobre as emoções sentidas quando a pessoa tentava neutralizar as suas pernas durante a dinâmica:

- Alguém já "puxou o seu tapete" dos pés?
- Como sentiu base firme para pisar?
- Quais as emoções que foram liberadas durante a brincadeira?
- O que sentiu enquanto esteve preso pelos pés?
- Descreva a sensação de não poder fugir do perseguidor.

- Já se sentiu sufocado durante algum tempo, sem poder expressar suas emoções?
- Qual a melhor sensação depois desse período?
- Para que serviu a dinâmica?

Para pensar: As emoções desempenham o papel vital de proporcionar a energia que motiva a conduta humana. A emoção é a energia, a força que leva o homem a realizar coisas, enfrentar problemas ou buscar soluções rápidas em horas críticas. É a emoção que move o homem. As emoções penetram nas grandes e pequenas decisões do homem, elas fazem funcionar a mente. Sem emoções, o homem embora pudesse viver, permaneceria inerte, existindo em estado vegetativo, não necessariamente inconsciente, mais imóvel, quase em estado de torpor. As emoções proporcionam a energia para a sobrevivência. O propósito da energia emocional é permitir ao ser humano realizar ações que o ajudarão a sobreviver, uma vez que cada indivíduo é uma fonte inesgotável de energia. Para que eles funcionem corretamente, se faz preciso ter um encontro com o dono da vida, só Deus pode ajustar todas as emoções do ser humano e capacitá-lo a viver com sucesso. Esse sucesso só é pleno se acontecer também na esfera social, pois a pessoa que não se desenvolve socialmente, que não se relaciona com as outras pessoas, que não contribui para o bem-estar social do grupo a qual pertence, que não adquire novos amigos, terá dificuldade em relação ao sucesso.

As emoções são uma verdadeira mina, da qual podemos extrair tudo aquilo de que necessitamos para levar uma vida esplêndida, repleta de alegrias e fartura; é o campo de todos os impulsos e pensamentos, mas infelizmente, o indivíduo resolve abrir somente o arquivo onde estão armazenados sentimentos negativos para reger sua conduta. Isso prejudica toda a sua existência.

Estamos vivendo na era das emoções. Cada dia mais o homem está voltado para si mesmo, procurando conhecer-se melhor. É um meio de conseguir maior admiração e até maior afeição de outras pessoas. A pessoa que pára, que não procura se relacionar, que não acompanha o mundo, passa a não as aceitar; então, surgem problemas de nervosismo, de ansiedade, preocupações, temores, e outros das mais variadas modalidades.

Vivemos hoje numa dinâmica, numa concorrência muito grande que "quem corre será alcançado, quem pára será atropelado pelo choque do futuro". Assim, todos estão procurando produzir uma dinâmica própria de competição e sobrevivência.

30 . Expressando amizade

Indicado: Para estudos bíblicos.

Objetivo: Melhorar o relacionamento, provendo o entrosamento através do conhecimento.

Material: Uma folha com as perguntas para cada aluno, papel e caneta.

Introdução: O relacionamento em grupo.

Saber se relacionar é saber aproveitar todos os momentos para tirar deles lições de vida que contribuam para ajudar o homem a vencer seus bloqueios de comunicação, de intolerância e de egoísmo. O segredo de terminar bem o dia é começá-lo glorificando a Deus e amando o próximo; sendo solidário sem olhar a quem; amando sem descriminar; perdoando sem questionar; sorrindo com sinceridade; sabendo também esperar o melhor momento de falar, sem se precipitar; tendo paciência e calma; ponderando para não ferir e magoar; procurando ouvir em silêncio e entender a verdadeira razão do coração, a fim de compreender as falhas e dificuldades que o homem tem para expressar os seus verdadeiros problemas e se relacionar com o próximo; demonstrando gratidão em todos os seus atos.

"Quanto ao mais, irmãos, regozijai-vos, sede perfeitos, sede consolados, sede de um mesmo parecer, vivei em paz; e o Deus de amor e de paz será convosco" (2 Co 13.11).

Procedimento: Dividir a turma em quatro grupos para que executem tarefas específicas sobre o assunto. A primeira será comum a todas as equipes.

Todos os grupos escolherão um texto bíblico para dramatizá-lo. Esse texto deve falar sobre a amizade ou uma situação de amigos na Bíblia.

Textos apropriados: Salmo 133, amizade de Davi e Jônatas, Jesus e seus discípulos (Jo 2.11), amigos de João, ovelha perdida (Lc 15.6).

Tarefas:

1º grupo: Apresentar a dramatização, seguida da composição de uma frase bem original sobre a amizade.

2º grupo: Apresentar a dramatização, seguida do desenho de um logotipo para uma sociedade de amigos.

3º grupo: Apresentar a dramatização, seguida da composição de uma música original sobre amizade.

4º grupo: Apresentar a dramatização, seguida da composição de uma poesia bem original sobre a perda da amizade.

Após a execução das atividades em grupo, o líder oferece papel para que cada um preencha as perguntas com sinceridade.

Respondendo francamente:

- Você utiliza suas experiências positivas do passado na solução de problemas em grupo?
- Você reconhece suas limitações e suas potencialidades?
- Encontra dificuldades para solucionar um problema que o deixa perplexo?
- Você sempre reclama das idéias de companheiros, mesmo que, muitas vezes, sejam contrárias ao grupo?
- Você às vezes se acha o dono da verdade e não abre mão dela?
- Você tem condições de traçar um perfil pessoal do seu EU, identificando claramente os pontos fortes e frágeis de seu comportamento?
- Que mais lhe agrada no grupo? E o que mais lhe desagrada?
- Qual a qualidade que mais gostaria de possuir?
- Gostaria de ganhar um amigo novo?

Obs: As perguntas podem ser recolhidas para que o líder possa continuar trabalhando sobre o assunto.

Plenária: Refletir sobre o tema amizade, buscando conceituá-la, ao mesmo tempo em que se avalia os relacionamentos do grupo.

Louvor: Um louvor com o tema amizade é cantado. À medida que se vai cantando, as pessoas do grupo vão se abraçando de acordo com a sugestão do líder: de dois em dois, depois de três em três, quatro, cinco, seis, sete e oito. As ordens são bem rápidas.

Encerramento: No final da confraternização, uma oração é feita para Deus fortalecer a união entre amigos.

Para pensar: "Oh! Quão bom e quão suave é que os irmãos vivam em união! É como o óleo precioso sobre a cabeça, que desce sobre a barba, a barba de Arão, e que desce à orla das suas vestes.

Como orvalho do Hermom, que desce sobre os montes de Sião; porque ali o Senhor ordena a bênção e a vida para sempre" (Sl 133).

31. As laranjas

Indicado: Para estudos bíblicos.

Objetivo: Provocar a união e um melhor conhecimento entre os alunos.

Material: Laranjas descascadas para serem saboreadas no grupo. Fichas em branco para respostas após a dinâmica. As perguntas serão respondidas rapidamente, sem se pensar muito.

Introdução: Características individuais.

No desenvolvimento humano, há duas características principais: crescimento e modificação de estrutura e de função. Tanto o crescimento como as modificações de estrutura acarretam transformações de comportamento. O desenvolvimento, que é um processo dinâmico do organismo, vai determinando vários níveis de amadurecimento. Os comportamentos de um jovem, de um adulto e de uma criança apresentam padrões bem diferentes porque saem de um nível de amadurecimento diferente.

Procedimento: Selecione laranjas de vários tipos. Distribua uma laranja para cada aluno: lima, seleta, pêra, bahia, da terra, etc. Quando todos tiverem descascado e provado as laranjas, comece perguntando sobre o gosto de cada uma. Será que todas têm o mesmo sabor? Todas são doces? Têm muito caldo? São todos do mesmo tamanho?

Têm a casca do mesmo tipo, fina ou grossa? Eram todas da mesma cor antes de serem descascadas? E depois de descascadas, todas têm a mesma cor? Têm muito ou pouco caroço?

Aplicação prática: Tais como as laranjas, somos todos branquinhos, às vezes feridos por alguém, endurecidos, amargos, meigos, pequeninos, exaltados, cheio de caroços, com poucos caroços, agindo de forma diferente; mas temos a mesma finalidade: alimentar.

Quando acabarem de chupar a laranja, distribua o material para continuar a segunda parte da dinâmica.

O líder distribui as fichas a serem respondidas. As perguntas são preparadas de acordo com o relacionamento entre si. O número de itens também fica a critério do líder.

Respondendo francamente:

- Se você pudesse escolher um rosto para substituir o seu, qual escolheria?
- Quando está irritado, costuma descarregar seu aborrecimento em alguém?
- Qual a característica que mais admira em você?
- O que mais observa quando encontra um amigo que há muito tempo não vê?
- Quantos amigos possui?
- Você concorda com a frase: "Quem com ferro fere, com ferro será ferido"?
- Já feriu alguém?
- Para que serviu a dinâmica?

Aplicação na vida cristã: Deus nos fez diferentes, mas o seu amor por nós é igual.

Plenária: Falar sobre as diferenças individuais.

Encerramento: Pedir que cada um faça uma declaração de amor cristão ao seu companheiro.

Para pensar: "O amor não faz mal ao próximo; de sorte que o cumprimento da lei é o amor" (Rm 13.10).

32. Contando fatos

Indicado: Para estudos bíblicos.

Objetivo: Aprofundar o conhecimento sobre a vivência dos alunos durante a semana.

Material: Cesto com visuais que representem a natureza: tempestade, água, lua, sol, estrelas, animais diversos, chuva, árvores, frutos azedos, doces, amargos, verdes, flores diversas, paisagens diversas, etc.

Introdução: Turbulências da vida cotidiana.

A cada dia que o sol brilha, a esperança de novas experiências se renova no coração.

Muitos ainda contestam e bradam em altos gritos, reclamando dos problemas, da falta de solução, esquecendo-se de aproveitar a oportunidade de viver um dia inteiro na dependência do Senhor.

A melhor maneira de viver é não desperdiçar toda a sua energia com reclamações ou pensamentos negativos, mas percebendo as oportunidades de fazer o bem, que surgem a cada minuto. A felicidade não espera por melhores momentos; às vezes, ela vem e passa rápido; se não encontrar uma porta aberta e um anfitrião alegre a convidando para entrar, vai embora, e o dia será triste e vazio.

"Este é o dia que fez o Senhor; regozijemo-nos e alegremo-nos nele" (Sl 118.24).

Procedimento: Entregar para cada elemento um perfil de carinha de papel com uma numeração atrás. Nela, cada um vai desenhar sua fisionomia de acordo com o estado espiritual durante a semana: alegre, triste, abatido, aborrecido, perplexo, cansado, chorando, derrotado, etc.

Quando todos terminarem, sorteie os números que estão atrás da carinha para que cada um venha narrar o fato que marcou sua semana através de mímica. O fato pode ser enriquecido com visuais expostos numa caixa ou cesto. Os alunos devem chegar até o cesto, selecionar suas figuras ou objetos de acordo com a situação que vai narrar.

Exemplo: Se o fato narrado teve momentos em que se perdeu a calma, pode-se apresentar a figura de um mar agitado; se for dramatizar uma semana turbulenta, utiliza-se uma figura da tempestade ou um remo; um limão, se amargurou a vida de alguém ou foi amargurado; se foi algo que demonstrou amor e misericórdia, fale do fato mostrando flores; luz, se iluminou alguém através da evangelização; muleta, se houve vacilo da parte de alguém; um espinho, se houve mágoa; barbante cheio de nó, se esteve enrolado por uma situação complicada; sal, se está na prova; pedras, se foi ofendido ou feriu alguém, etc.

A pessoa sorteada narra o fato e o grupo tenta decodificar a situação comunicada.

Reflexão individual: Todos temos momentos complicados e até difíceis, mas tudo sempre acontece diante dos olhos de Deus. Ele está sempre pronto para nos socorrer.

Plenária: Fale sobre o valor das situações passageiras e as marcas que podem deixar na vida de cada pessoa. O importante é não deixar que as adversidades roubem a paz e a nossa comunhão com o Senhor. Os problemas funcionam como ajuste na vida do homem.

Encerramento: Termine orando para que as situações narradas sejam consertadas e soluções aconteçam.

Para pensar: "Mas cada um é tentado, quando atraído e engodado pela sua própria concupiscência. Depois havendo a concupiscência concebido, dá à luz o pecado; e o pecado, sendo consumado, gera a morte" (Tg 1.14,15).

33. Batendo asas

Objetivo: Considerar como as aves nos ensinam através de sua forma de vida.

Material: Visuais de pássaros.

Procedimento: O líder apresenta vários visuais de pássaros (outros poderão ser acrescentados na hora pelo grupo), os participantes declaram, um por um, que pássaro da exposição gostaria de ser, se não fossem homens ou mulheres. A seguir, distribui-se papel para que escrevam o nome do pássaro escolhido e as peculiaridades que admira no animal.

Respondendo francamente:

- Se tivesse asas para onde gostaria de voar?
- Qual seria o colorido de suas asas?
- Se fosse um pássaro de gaiola, qual seria o seu lamento?
- Já esteve com sua alma prisioneira?
- Qual foi o maior desejo durante o cativeiro?

34. Doçura

Indicado: Para estudo bíblico.

Objetivo: Refletir sobre a sua própria identidade, favorecendo o autoconhecimento.

Material: Bala de vários sabores e cartões para fazer um cartão de apresentação, lápis e borracha.

Introdução: Trabalhando identidade e característica pessoal.

"Sonda-me, ó Deus, e conhece o meu coração; prova-me e conheces os meus pensamentos" (Sl 139.23).

Procedimento: Cada participante receberá um cartão e escreverá um pequeno versinho que o identifique de forma carinhosa. Assim, todos devem refletir sobre aspectos que o caracterize como pessoa. Quando acabar de compor o versinho, cole a bala no canto do cartão.

Exemplo: Esta amiga é abelha!
Tem uns quilinhos a mais!
Ajuda a todos, sorrindo,
Tem mãos hábeis demais.

Quando todos tiverem terminado, solicita-se que apresentem seus cartões ao grupo, dizendo as razões da escolha do versinho, lendo-o para o grupo. Troque o cartão com a pessoa que está ao seu lado.

Reflexão individual: As características individuais são muito importantes para Deus. Por isso, devemos nos aceitar como somos. A identidade pessoal é única neste mundo, por isso devemos glorificar a maneira especial pela qual fomos criados.

Plenária: Fale sobre as diversas fases de desenvolvimento do homem. Cada fase traz consigo experiências e crescimento psicológico, social e espiritual, que funcionam como lapidação.

Encerramento: A dinâmica termina quando todos tiverem justificado o motivo do versinho.

Para Pensar: "Os meus ossos não te foram encobertos, quando no oculto fui formado e entretecido como nas profundezas da terra. Os teus olhos viram o meu corpo ainda informe, e no teu livro todas estas coisas foram escritas, as quais iam sendo dia a dia formadas, quando nem ainda uma delas havia" (Sl 139.15,16).

35. O pintor

Indicado: Para estudos bíblicos.

Objetivo: Promover conhecimento grupal e conhecer as características dos participantes.

Material: Papel para desenhar, lápis e lápis de cor.

Introdução: Vida interior.

Os sentimentos individuais de insegurança em relação ao próximo podem levar o indivíduo a ter dúvidas quanto a sua capacidade de se relacionar. O líder pode fazer muito para reduzir esse temor, fornecendo oportunidades de treinamento através de atividades em grupo. Um programa bem planejado pode ajudar bastante a transformar o coração inseguro numa fortaleza.

Procedimento: Forme um círculo com os participantes, orientando o que cada pessoa vai desenhar e pintar, o que terá que ser original, de modo a traçar o perfil de sua pessoa. O trabalho deve representar sua característica própria, seu desejo, suas necessidades, sua maneira de viver e sua atividade principal.

Quando todos tiverem terminado, o líder pede que todos troquem entre si, rapidamente, o papel desenhado. Quando encerrar o tempo, cada pessoa que recebeu o desenho anônimo vai procurar descobrir quem é o dono do desenho recebido. Quando tiver descoberto quem é o pintor, o artista deverá esclarecer o porquê de cada detalhe no desenho.

Reflexão individual: O conhecimento interior é um exercício fundamental para o indivíduo se relacionar no grupo e consigo mesmo.

Plenária: O conhecimento pessoal e interior é o primeiro passo para uma boa convivência.

Encerramento: Exponha o quadro desenhado por cada pessoa num quadro para ser apreciado por todos.

Para pensar: "Sabei, pois, que o Senhor separou para si aquele que lhe é querido" (Sl 4.3).

36. Cenas da vida real

Indicado: Para estudos bíblicos.

Objetivo: Refletir sobre o comportamento das pessoas quando se comunicam com o próximo.

Material: Caneta e papel.

Introdução: Conflitos de cada dia.

Partindo do princípio de que quem "produz" qualidade de vida somos nós, seres humanos, é de bom senso avaliar o estilo de vida que levamos. Nossos pensamentos, hábitos e atitudes determinam praticamente o nosso jeito de ser.

A sugestão é que evite preocupações em demasia. Muitos médicos dizem que se parássemos de nos preocupar tanto, a maior parte de nossos problemas de saúde estariam resolvidos. Nunca se esqueça de que Deus sabe o que faz a cada dia conosco e também para tudo há solução, é só confiar em Deus. Jesus recomendou que devíamos viver um dia de cada vez: "Não vos inquieteis, pois, pelo dia de amanhã, porque o dia de amanha cuidará de si mesmo. Basta cada dia o seu mal" (Mt 6.34).

Procedimento: Divida a turma em três grupos. Esses grupos irão conversar e organizar dramatizações.

1º grupo: A primeira dramatização terá o seguinte título: "A resposta". Ela poderá ser de alguém ganhando um emprego como resposta de desemprego, ou alguém encontrando um grande amor; ou recebendo pedido de casamento ou um presente desejado, etc.

2º grupo: O segundo grupo organizará uma cena agressiva com o título: "A ofensa". Ele dramatizará cenas que caracterizam agressões verbais ou físicas, praticadas por uma pessoa amarga, invejosa, revoltada ou infeliz. Essa manifestação pode ser gerada através de críticas, fofocas, gestos agressivos, trocas de ofensas ou até violências físicas.

3º grupo: O terceiro grupo dramatizará cenas de reconciliação e perdão para devolver a felicidade à pessoa ofendida. Antes de dramatizarem, os grupos deverão discutir sobre as situações da vida que encenarão.

Ao término, todos os grupos devem sentar em círculo para o período de discussão. Cada componente do grupo fará uma reflexão para analisar qual a cena que mais o incomodou. Pergunte a todos como ela pode contribuir para evitar conflitos ao seu redor.

Peça para que o grupo escreva seu projeto de paz, leve-o ao seu lar e pratique o que escreveu.

Plenária: A paz existe, basta praticar os ensinamentos do Mestre dos mestres.

Encerramento: Faça uma oração e inclua as pessoas do grupo que precisam reatar laços com amigos e parentes.

Para pensar: "Deixo-vos a paz, e a minha paz vos dou; não vo-la dou como o mundo a dá. Não se turbe o vosso coração, nem se atemorize" (Jo 14.27).

37. Projeto solidário

Indicado: Para estudos bíblicos.

Objetivo: Estimular o poder de iniciativa e decisão.

Material: Envelopes contendo três situações para serem discutidas em grupo e um projeto como solução.

Introdução: Solidariedade e cooperação.

A cooperação é a ação comum para atingir determinado fim, ela se manifesta até nos animais, com o fenômeno gregário. Desde os mais remotos tempos, o homem começou a manifestar a necessidade de convivência com seus semelhantes; no homem civilizado, a cooperação se evidencia desde a mais tenra idade, através dos brinquedos;

nos diferentes estágios de crescimento, vão se aprimorando formas mais evoluídas, em grupos organizados, numa interação de esforços para atingir um determinado fim.

Procedimento: Dividir a turma em três grupos mistos e entregar a cada equipe um envelope contendo o fato que será narrado pelo líder do grupo. Pedir a cada grupo que comece a discutir o fato, anotando observações e as possíveis soluções através de um planejamento para resolver o problema. O ideal é que se esclareça o motivo que levou o grupo a tomar aquela determinada solução. Eis alguns problemas:

1º grupo: Houve uma enchente na cidade. Como poderia ser organizado um mutirão para solidariedade?

2º grupo: A casa da pessoa mais idosa da igreja caiu. Qual a solução prática para o problema?

3º grupo: A igreja está em péssimas condições e a comunidade evangélica está sem recursos. O que se deve fazer?

Reflexão individual: A Igreja somos nós. Quando ela falha, ou estamos falhando, ou, no mínimo, estamos nos omitindo.

Plenária: Solidariedade na Igreja Primitiva.

Encerramento: Exponha o projeto dos grupos, para que todos conheçam o que a união e o amor são capazes de realizar no Corpo de Cristo.

Para pensar: "Não havia, pois, entre eles necessitado algum; porque todos os que possuíam herdades ou casas, vendendo-as, traziam o preço do que fora vendido e o depositavam aos pés dos apóstolos" (At 4.34).

38. Minha casa

Indicado: Para estudos bíblicos.

Objetivo: Possibilitar que o grupo exponha os sentimentos e desejos.

Material: Um desenho de uma casa, uma lixeira e caneta.

Introdução: O lar ideal.

O lar é algo mais do que a casa onde nos abrigamos, porque é o esconderijo seguro da criança, o lugar onde a mãe embala o bebê com um sublime canto e a fortaleza de um pai íntegro.

É o combustível de amor que aquece a lâmpada do coração.

É a luz dos olhos felizes; é o lugar quente onde o primeiro mestre ensina seus pequeninos; e o primeiro templo do jovem, onde aprende o que é reto, bom e nobre. Lugar onde nasce o amor e o respeito mútuo; onde a cobiça ao dinheiro não tem primazia; onde agradecemos o pão de cada dia; é um lugar de disciplina. O lar cristão é lugar de paz e alegria, perdão e união.

Procedimento: Todos devem receber uma folha de papel e desenhar uma casa sem móveis ou qualquer acessório, somente uma lixeira desenhada fora da casa. Quando todos tiverem terminado o desenho, deve-se pedir para que cada um analise, por alguns minutos, os sentimentos que deveriam levar para dentro da casa, escrevendo-os dentro do desenho. Os sentimentos indesejáveis devem ser escritos dentro da lixeira.

Esses sentimentos devem estar cada um no seu lugar correto, pois são os mais importantes para uma casa, antes de entrar qualquer mobília. Se o mobiliário entrar antes de uma reflexão profunda dos sentimentos positivos e negativos que estarão dentro do desenho da casa ou fora da casa, muitos problemas e graves conflitos no relacionamento poderão ser gerados.

Reflexão Individual: O lar é o primeiro grupo social do ser humano. É ali que o homem satisfaz os seus desejos fundamentais de interação afetiva. Quanto mais ajustado for este ambiente, mais fácil será o relacionamento dos seus componentes fora dele.

Respondendo francamente:
- Para que serviu a dinâmica?
- O que você tem levado para o seu lar?
- Qual o tamanho da lixeira que está à porta de sua casa?

Plenária: Cultivando sentimentos saudáveis no lar: ser gentil, achar graça, incentivar sempre, compartilhar alegrias, defender, compreender altos e baixos da vida, reconhecer um erro, perdoar sempre, ser suave consigo e com o próximo, etc.

Para pensar: "Todo aquele, pois, que escuta estas minhas palavras e as pratica, assemelhá-lo-ei ao homem prudente, que edificou a sua casa sobre a rocha" (Mt 7.24).

39. Vida cristã

Indicado: Para estudos bíblicos.

Objetivo: Promover discussão sobre o tema união através do trabalho em equipe, proporcionando o desenvolvimento do potencial criativo.

Material: Bíblia sagrada, papel e caneta.

Introdução: Perfil do cristão.

"Bem-aventurado o varão que não anda segundo o conselho dos ímpios, nem se detém no caminho dos pecadores, nem se assenta na roda dos escarnecedores. Antes tem o seu prazer na lei do Senhor, e na sua lei medita de dia e de noite. Pois será como a árvore plantada junto a ribeiros de águas, a qual dá o seu fruto na estação própria, e cujas folhas não caem, e tudo quanto fizer prosperará.

Não são assim os ímpios; mas são como a moinha que o vento espalha. Pelo que os ímpios não subsistirão no juízo, nem os pecadores na congregação dos justos. Porque o Senhor conhece o caminho dos justos; mas o caminho dos ímpios perecerá" (Sl 1).

Procedimento: Divida a classe em grupos e peça que observem alguns aspectos do Salmo 1: escolher a palavra-chave em destaque que expresse o maior desejo de Deus para o seu povo.

1º grupo: Lerá o salmo em forma de música, cantando com alegria cada versículo, expressando felicidade.

2º grupo: Falará o salmo em forma de dramatização, de maneira bem alegre.

3º grupo: Falará o salmo para os companheiros de maneira bem desanimadora, quase parando, esquecendo-se de alguns trechos.

4º grupo: O último grupo lerá o salmo com semblante aborrecido, falando sem vontade, dramatizando com rancor, até distorcendo algumas palavras afirmativas do salmo dizendo: "É bom andar segundo o conselho dos ímpios e se deter na roda dos pecadores, e assentar-se na roda dos escarnecedores".

Reflexão Individual: Deus convida o seu povo a um caminho longo à beira da fonte viva que é a Palavra de Deus. Neste caminho, há renúncias e alegrias. Ela é a melhor estrada para chegarmos ao céu.

Plenária: O comportamento do crente diante das ofertas mundanas.

Encerramento: Quando os dois aspectos do salmo tiverem sido bem explorados, cada grupo terá oportunidade de expor como se sentiram em cada situação.

Respondendo francamente:

- Como tem sido a sua caminhada como cristão?
- O que sentiu durante cada apresentação dramatizada?
- Para que serviu a dinâmica?

Para pensar: "E nisto sabemos que o conhecemos: se guardamos os seus mandamentos. Aquele que diz: Eu conheço-o e não guarda os seus mandamentos é mentiroso, e nele não está a verdade. Mas qualquer que guarda a sua palavra, o amor de Deus está nele verdadeiramente aperfeiçoado; nisto conhecemos que estamos nele. Aquele que diz que está nele também deve andar como ele andou" (1 Jo 2.3,6).

40. Um por todos, todos por um

Indicado: Para estudos bíblicos.

Objetivo: Levar o grupo a uma consciência de que a integração entre o grupo é a melhor proposta de Deus para sua igreja.

Material: Um feixe de varas amarrado e outro com varas soltas.

Introdução: Unidade no grupo.

O homem tem, certamente, um longo caminho a percorrer rumo à perfeição; mas com relação ao amor, tem caminhado em marcha lenta.

Amar é uma arte, por isso, tem de ser aprendida e praticada. Se a pessoa desejar amar verdadeiramente o seu próximo e viver em união com ele, terá que exercitar a arte de amar.

O amor fraterno vem de *frater*, que em latim significa irmão. O amor fraterno considera todos os homens como irmãos. Ou aprendemos com Cristo a amar o semelhante como a nós mesmos, ou seremos pessoas incompletas, isoladas e infelizes.

Procedimento: Acomode todas as pessoas em círculo e apresente um feixe de varas ou palitos de churrasco de madeira. Entregue uma para cada irmão e peça que a quebrem ao meio. É claro que as pessoas não sentirão dificuldade em quebrá-las. Quando todos tiverem quebrado as suas varas, peça que alguém traga um feixe de varas. O número das varas deve ser igual ao número de pessoas presentes. Só que as varas deverão estar bem amarradinhas e juntinhas. Peça que cada aluno tente quebrá-las. É claro que haverá maior dificuldade. Então, o líder deve abrir o feixe de varas que não foram partidas e distribuir, para que cada membro do grupo escreva o seu nome.

Reflexão individual: A união é a força do grupo.

Plenária: O amor é a base fundamental para alicerçar os elos que devem existir no grupo.

Louvor: Cantar uma música sobre o amor para que haja conserto e confraternização no grupo.

Encerramento: Quando começar o louvor, todos deverão trocar a sua varinha com o seu companheiro e orar por ele.

Para pensar: "Melhor é serem dois do que um, porque têm melhor paga do seu trabalho. Porque, se um cair, o outro levanta o seu companheiro; mas ai do que estiver só; pois, caindo, não haverá outro que o levante. Também se dois dormirem juntos, eles se aquentarão; mas um só como se aquentará? E se alguém quiser prevalecer contra um, os dois lhes resistirão; e o cordão de três dobras não se quebra tão depressa" (Ec 4.9-12).

41. Bate-papo

Objetivo: Discutir assuntos relacionados a sentimentos e possibilitar conhecimento de opiniões da equipe.

Material: Caneta, papel, cartazes com palavras, giz, quadro de giz ou caneta para quadro branco.

Introdução: Meus Sentimentos.

Acham-se os sentimentos como fundamentos da vida afetiva. Cultivar os bons sentimentos e procurar vencer o mau é tarefa que só pode ser realizada no interior do homem, e o único caminho para alcançar a verdadeira felicidade.

Procedimento: O líder irá escolher um assunto e escreverá as palavras específicas no quadro. O líder explica que os grupos serão formados mediante o toque do apito, e encerrarão suas atividades também com o seu toque. Após o primeiro toque do apito, os primeiros grupos serão organizados somente com duas pessoas. Quando o grupo estiver formado, converse durante três minutos sobre a palavra apresentada. Esse tema será comum a todos os grupos. Ao término do tempo, o grupo escreve uma frase sobre o tema em discussão. Quando o apito tocar novamente, todos os grupos são desfeitos e, a frase entregue ao líder, novamente, ao som do apito, novos grupos de três serão formados para discutir a próxima palavra apresentada no quadro, assim, se continua apresentando palavras, até formar grupos com cinco ou mais componentes.

Ao concluir as palavras, o líder apresenta todas as frases para ser escolhida a melhor delas.

Desfaz-se os grupos e o assunto poderá ser explanado com a ajuda das frases expostas.

Sugestão de palavras:

a) Se o assunto escolhido for MEDO, deve-se escrever em dez placas, palavras relacionadas: covardia, fuga, sentimento de inferioridade, preguiça, decepção, fobias, histeria, mentira, crítica e choro.

b) Se o assunto escolhido for AMARGURA, deve-se escrever: falta de perdão, homicídio, suicídio, ódio, raiva, infelicidade, depressão, desânimo, derrotismo e desesperança.

c) Se o assunto escolhido for ALEGRIA, deve-se escrever: amor, perdão, união, paz, sinceridade, felicidade, amizade, riso, solidariedade e esperança.

Reflexão individual: A reflexão vai ser de acordo com a palavra escolhida, mas sempre visando a analisar os sentimentos e personalidade do grupo.

Plenária: Os traços de personalidade e equilíbrio emocional do grupo.

Encerramento: Expôr as frases que melhor definem os temas.

Para pensar: "E, finalmente, sede todos de um mesmo sentimento, compassivos, amando os irmãos, entranhavelmente misericordiosos e afáveis, não tornando mal por mal, ou injúria por injúria; antes, pelo contrário, bendizendo, sabendo que para isto fostes chamados, para que, por herança, alcanceis a bênção" (1 Pe 3.8,9).

42. Perigo na estrada

Indicado: Para estudos bíblicos.
Objetivo: Explorar a violência nos centros urbanos.
Material: Giz, recortes sobre violência de jornais e revistas.
Introdução: Violência.

"A terra, porém, estava corrompida diante da face de Deus; e encheu-se a terra de violência". E viu Deus a terra, e eis que estava corrompida; porque toda carne havia corrompido o seu caminho sobre a terra" (Gn 6.11,12).

A violência vem se agravando nos grandes centros urbanos. Diariamente, vemos campanhas na televisão e em jornais, visando combater esse vírus social. Mas, de acordo com as Escrituras, esse gigante é bem antigo. Nos dias de Noé, a violência atingiu toda a Terra; em função disso, veio a destruição do mundo antigo. A desestruturação das famílias e das comunidades é fator principal de aumento de criminalidade, esta, tem afetado toda a sociedade atualmente; mas, segundo as Escrituras, tudo indica que a volta de Jesus será a solução definitiva para o povo de Deus.

Procedimento: Trace com giz um caminho no chão e espalhe desordenadamente papéis numerados de 1 a 5. No verso dos papéis, escreva ou cole ilustrações de jornais com o tema de violência. Ao sinal, os participantes devem caminhar, olhando para o percurso com tom de interrogação. A seguir, cada um apanha no caminho um pedaço de papel escrito e numerado, retornando ao seu lugar. A segunda etapa se inicia quando os alunos se agruparem com os colegas que possuam o número igual ao seu, formando os grupos. Todos irão discutir os assuntos achados na estrada, ressaltando a questão da agressividade e violência, como fruto do pecado no coração do homem. Os políticos, por exemplo, por mais bem intencionados que sejam, também são afetados pelo pecado e ficam incapazes de agir com justiça e honestidade. Cada equipe procurará referências bíblicas para refutar as questões.

Reflexão individual: A igreja é a única que pode oferecer a verdadeira paz, por isso, Deus conta conosco para essa tarefa tão sublime.

Encerramento: Intercessão pelas vítimas de violência.

Para pensar: "Quão suaves são sobre os montes os pés do que anuncia as boas-novas, que faz ouvir a paz, que anuncia o bem, que faz ouvir a salvação, que diz a Sião: O teu Deus reina!" (Is 52.7)

43. Homenagens especiais

Indicado: Para estudos bíblicos.

Objetivo: Manifestar o seu sentimento sincero ao companheiro do grupo.

Material: Uma folha de papel tamanho ofício e uma caneta.

Introdução: Boa imagem.

A boa imagem não está em ter, não consiste nas riquezas, nas fortunas que adquirimos. O ouro mais difícil de adquirir é a nossa própria personalidade; é o nosso coração pacífico, livre de inquietude, angústias e preocupações. Não é pelo domínio que temos sobre os bens materiais que nos engrandecemos e nos realizamos, mas pelo domínio sobre nós mesmos, refletindo o brilho de um coração manso e reto através do sorriso calmo e sereno.

Procedimento: O professor distribui o material da dinâmica e explica como desenvolvê-la. Cada aluno deve escolher uma pessoa do grupo para manifestar o seu sentimento, escrevendo uma frase no seu epitáfio (lápide de seu túmulo). Uma vez escrito, o aluno irá manifestar o seu sentimento sincero sobre a imagem pessoal do escolhido.

Reflexão Individual: Temos que nos exercitar, demonstrar nossa admiração e respeito para os companheiros, enquanto estão vivos.

Plenária: Descobrindo as características positivas dos indivíduos.

Encerramento: Quando todos acabarem de ler suas frases, devem sentar-se em círculo e discutir o motivo da frase.

Respondendo francamente:

- O que aprendemos com este exercício?
- Como nos sentimos após a experiência?
- Qual frase você escreveria no seu próprio túmulo?

Para pensar: "Mas os mansos herdarão a terra e se deleitarão na abundância de paz" (Sl 37.11).

44. A flor

Introdução: O líder inicia a dinâmica falando sobre a importância do amor nos relacionamentos fraternos. Muitos irmãos têm espalhado a péssima notícia que o amor parece desacreditado, mas não o verdadeiro amor cristão; esse nunca estará desacreditado, pois ele reflete o genuíno amor de Deus e é o modo da Igreja mostrar que está viva. O assunto do amor é tão extenso quanto a Bíblia e tão profundo quanto o próprio Deus, pois "Deus é amor (1 Jo 4.8) e o "que permanece no amor, permanece em Deus, e Deus nele" (1 Jo 4.16).

Procedimento: Inicie a dinâmica entregando o perfil de pétala de flor recortadas bem grande. A seguir, peça que todos amassem bastante a folha. Depois comece a falar que aquela folha lisa simboliza a pessoa que não exercita o amor, caridade e misericórdia, esses permanecem sem marcas e não marcam a vida de ninguém. Jesus disse a seus discípulos: "Um novo mandamento vos dou: que vos ameis uns aos outros; assim como eu vos amei a vós, que também vos ameis uns aos outros. Nisto conhecerão todos que sois meus discípulos, se tiverdes amor uns aos outros" (Jo 13.34,35).

A segunda etapa prossegue com o líder pedindo que escrevam uma experiência de amor e misericórdia praticada com um desconhecido. Por fim, entregue a pétala com o relato ao líder, este confeccionará uma linda flor.

Respondendo francamente:

- Como se deve agir em relação às pessoas individualistas?
- Como deve ser praticado o amor dentro e fora da igreja?
- Você concorda que o individualismo é uma violência contra os princípios ensinados por Jesus?
- Você é conhecido pelo amor que pratica em sua comunidade? Justifique.

Plenária: "Conhecidos pelo amor".

Encerramento: Termine pedindo que cada membro do grupo confeccione um cartão original e criativo para entregar a uma pessoa que nunca demonstrou o seu amor cristão.

Para pensar: "E, finalmente, sede todos de um mesmo sentimento, compassivos, amando os irmãos, entranhavelmente misericordiosos e afáveis" (1 Pe 3.8).

Para pensar: "E, finalmente, sede todos de um mesmo sentimento, compassivos, amando os irmãos, entranhavelmente misericordiosos e afáveis" (1 Pe 3.8).

45. A faixa

Indicado: Para estudos bíblicos.

Objetivo: Refletir sobre as qualificações das pessoas do grupo e expressá-las de forma carinhosa.

Material: Um rolo de papel higiênico, tesoura, lápis cera, caixinha com nomes de colegas para sortear, cola.

Introdução: A maturidade cristã reflete o conhecimento dos irmãos e o nível de relacionamento entre si, pois a conversão acompanha a solidariedade, hospitalidade, alegria e paz. O coração pacífico, livre de inquietude, angústia e preocupações, é indício de uma vida equilibrada que achou em Cristo todos os segredos da felicidade. Esses encontraram o verdadeiro sentido da vida, pois são portadores de amor, e com ele são capazes de semear vida, alegria e felicidade a todos.

Procedimento: Comece o exercício distribuindo o material e um papelzinho com o nome de um companheiro de grupo. Solicite que se analise o perfil da pessoa e confeccione uma bela faixa contendo uma frase que o qualifica como um cristão autêntico ou não.

Respondendo francamente:

- Você concorda com a frase oferecida pelo seu amigo de grupo? Sua vida têm sido referencial de felicidade?
- Você é um pacificador?

Plenária: Maturidade cristã.

Para pensar: "Por esta razão, nós também, desde o dia em que o ouvimos, não cessamos da orar por vós e de pedir que sejais cheios do conhecimento da sua vontade, em toda a sabedoria e inteligência espiritual; para que possais andar dignamente diante do Senhor, agradando-lhe em tudo, frutificando em toda boa obra e crescendo no conhecimento de Deus; corroborados em toda a fortaleza, segundo a força da sua glória, em toda a paciência e longanimidade, com gozo; dando graças ao Pai, que nos fez idôneos para participar da herança dos santos na luz" (Cl 1.9-12).

46. Trajetória fatal

Indicado: Para estudo bíblico.

Objetivo: Orientação quanto ao exercício da obediência às normas estabelecidas por autoridades. A prática de obedecer traz benefícios extraordinários para a vida do homem. A desobediência é um desastre que provoca inúmeras conseqüências.

Material: Folha avulsa com o tema.

Introdução: A cobiça.

A cobiça é o desejo imoderado de possuir. O cobiçoso é roído interiormente pelo desejo de sempre querer mais; eternamente insatisfeito, não tem escrúpulos quanto aos meios para saciar sua ambição desmedida; não recua, inclusive diante dos direitos alheios. A cobiça faz o homem infeliz não só porque o consome a chama insaciável, mas também porque não lhe permite usufruir secretamente do que possui.

Procedimento: Leitura do texto para reflexão.

"Um agricultor fixou residência num verdadeiro paraíso. Que solo maravilhoso! Tudo que plantava crescia. Sua terra era realmente abençoada! A lavoura frutificava praticamente durante todos os dias do ano. Tudo era perfeito, apesar da presença constante do vizinho no pomar. Por diversas vezes, ele trouxe uma proposta para comprar as terras do feliz agricultor, queria tudo para ele; a felicidade dos moradores o incomodava tremendamente e a cada rejeição, se sentia derrotado, por isso, o invejoso vizinho resolveu planejar um meio de acabar com tudo.

Um dia, quando o agricultor não estava em casa, ele resolveu conversar com sua bela esposa sobre o velho ribeiro atrás da plantação.

O indivíduo assegurava que lá no lamaçal havia muitas pedras preciosas e ouro. Deixou a mulher curiosa. Ao entardecer, quando o esposo chegou, ela não cansava de pedir-lhe que fossem dar uma espiadinha. Pela insistência, ele foi. Resolveu remover a lama do brejo com a enxada. Que surpresa! Ao removê-la, começaram a sair serpentes venenosas. Que desespero! Procuravam esconder-se, mas foram os primeiros a receberam a picada mortal. O vizinho ficou contente, pois seu maior desejo era o de governar toda aquela bela terra. Agora tudo era seu. As serpentes passaram a governar sobre tudo!"

Respondendo francamente:
Distribua folhas e lápis para que as respostas sejam escritas.
- Fale sobre a questão da inveja e suas conseqüências.
- Compare a tática do vizinho inimigo com a sagacidade da serpente no jardim do Éden.
- A cobiça é uma atitude normal ou perigosa?
- Como aplicar, comparativamente, o fim dos lavradores com a queda de muitos cristãos que abandonam a igreja e passam a viver em trevas?
- Qual o conselho que você daria para quem esta ouvindo a conversa sagaz do inimigo?

Plenária: Os caminhos perigosos e curtos da inveja, cobiça e curiosidade.

Para pensar: "A soberba precede a ruína, e a altivez do espírito precede a queda" (Pv 16.18)

47. Tocando a vida

Indicado: Para estudos bíblicos.
Objetivo: Desenvolver o senso crítico dos alunos em relação aos governantes e suas práticas injustas.
Material: Desenho da mão recortada, uma harpa com música e um teclado real ou figura.
Introdução: Jesus, o governante perfeito.
"Porque brotará um rebento do trono de Jessé, e das suas raízes um renovo frutificará. E repousará sobre ele o Espírito do Senhor, e o Espírito de sabedoria e de inteligência, e o Espírito de conselho e de fortaleza, e o Espírito de conhecimento e de temor do Senhor. E deleitar-

se-á no temor do Senhor e não julgará segundo a vista dos seus olhos, ... nem repreenderá com equidade os mansos da terra" (Is 11.1,4).

Procedimento: Divida a classe em grupos, partindo da observação da realidade no período de eleição. Cada grupo vai procurar traçar o perfil dos candidatos políticos em comparação com Jesus — o homem perfeito. Leia o trecho de Lucas 4.18-19. A seguir, distribua as três figuras: teclado, harpa e a mão. Dê um tempo para os grupos analisarem as figuras.

1º grupo: O teclado: Os alunos irão falar sobre o contexto histórico, social e político da época de Jesus. Relatar como a vida era tocada pelas autoridades governamentais em comparação com a maneira de Jesus tocar nas questões da vida do homem. Procure responder, observando as teclas claras e escuras do instrumento e discuta sobre as ações transparentes e as ações às escondidas da política. Após o debate, trace o perfil dos políticos de nossos dias, como eles têm tocado a política?

2º grupo: A música: O grupo vai falar sobre a plataforma política que os homens utilizam para conquistar votos, comparando com os discursos de Jesus que soavam como perfeita melodia, jamais ouvida por qualquer mortal.

3º grupo: A mão: A mão é sinônimo de ação.

Jesus falou sobre todos os aspectos de sua época. Comente como Jesus tocou em cada um:

* no coração do homem;
* nas estruturas econômicas;
* nos valores culturais;
* no poder político;
* nos aspectos sociais.

Aplicação prática: As ações políticas dos governantes sempre geram questionamento pela falta de transparência e honestidade na administração da coisa pública. Jesus deve ser o exemplo mais alto de político para qualquer candidato a cargo eletivo.

Plenária: Jesus, o Homem perfeito, o Profeta e o Rei justo.

Para pensar: "Ouvi-me ilhas, e escutai vós, povos de longe! O Senhor me chamou desde o ventre, desde as entranhas de minha mãe, fez menção do meu nome. Fez a minha boca como uma espada aguda, e, com a sombra da sua mão, me cobriu, e me pôs como uma flecha limpa, e me escondeu na sua aljava. E me disse: Tu és meu servo, e Israel, aquele por quem hei de ser glorificado" (Is 49.1-3).

48. Tempestade de palavras

Objetivo: Introdução de estudos bíblicos; troca de informações e conhecimento entre os membros do grupo.

Material: Pincel atômico, quadro branco e lápis.

Procedimento: Cada participante receberá um papel em branco e lápis para que anotem no quadro uma palavra sobre o assunto escolhido para tema. Com todas as palavras anotadas, os participantes são convidados a começar uma discussão sobre o tema a partir das palavras do quadro.

A segunda etapa começa ao se dividir a turma em três grupos para que cada grupo monte um texto com todas as informações discutidas.

Respondendo francamente:

- O que gostou no exercício?
- Quais as dificuldades?
- Qual a mensagem que se pode tirar com a dinâmica?

49. Presente de Deus

Indicado: Para encontros sociais.

Objetivo: Descontrair o grupo, preparando para ele um ambiente fraterno e amigável.

Procedimento: Todos devem tirar os sapatos e iniciar uma caminhada no ambiente de lazer. Conforme vão caminhando, deverão procurar observar tudo ao seu redor. O líder começa falando que tudo ao redor é presente de Deus. Dito isto, cada aluno começa a declarar as coisas do ambiente, dizendo:

As árvores são presentes de Deus para nós! Outro continua — os jardins são presentes de Deus para nós; os pássaros, a casa, o céu, as nuvens. Só param de declarar sobre os aspectos do ambiente, quando todos se manifestarem. Não se pode repetir o que já foi dito. Nesta caminhada, todos devem declarar que tudo o que temos no ambiente, seja grande ou pequeno, formoso ou singelo, pequeno ou grande é presente de Deus.

O segundo passo é olhar para a pessoa que caminha junto, ao lado, como um presente de Deus também. Aproveite a oportunidade para abraçá-la e dizer do grande prazer de poder caminhar junto dela no encontro. Peça para que todos os que estão lado a lado, façam uma oração de mãos dadas com o companheiro, agradecendo ao Senhor pelos presentes preciosos.

Para pensar: "Teus são os céus e tua é a terra; o mundo e a sua plenitude, tu os fundaste. O Norte e o Sul, tu os criaste; o Tabor e o Hermom regozijam-se em teu nome" (Sl 89.11,12).

50. Prova de fogo

Indicado: Para encontros sociais.

Objetivo: Demonstrar grau de conhecimento bíblico e agilidade mental para relatar nomes.

Material: Urna com nomes para sortear.

Procedimento: O líder explica que a dinâmica consiste no sorteio de papéis com nomes de cidades, homens e mulheres do mundo bíblico e dos livros da Bíblia.

O escolhido tira um papel da urna, e o líder acende um palito de fósforo. Enquanto o palito estiver aceso, o escolhido vai dizendo palavras ou assuntos que correspondem à solicitação. A pessoa que nomear o maior número de palavras que correspondem à solicitação, sem queimar os dedos, será o vencedor.

Para pensar: "Procura apresentar-te a Deus aprovado, como obreiro que não tem de que se envergonhar, que maneja bem a palavra da verdade" (2 Tm 2.15).

51. Quebrando o pote

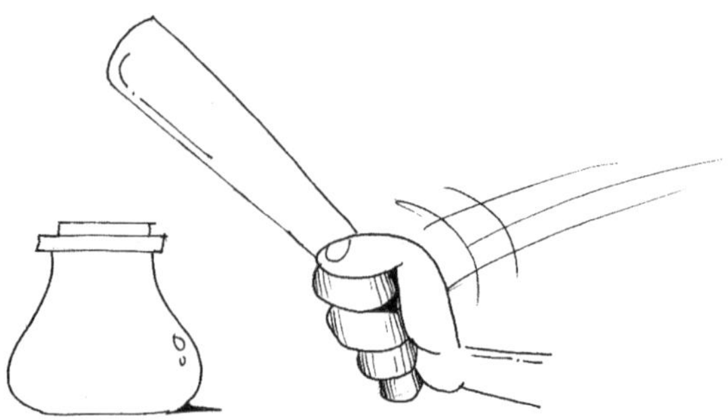

Indicado: Para encontros sociais.

Objetivo: Desenvolver uma reflexão sobre as atitudes praticadas em momentos de desequilíbrio emocional.

Material: Um pote pendurado em uma corda, um tapa olho e um pedaço de pau.

Procedimento: O líder chama um participante para quebrar um pote pendurado num pedaço de corda. O escolhido toma, primeiro, conhecimento do lugar do pote; em seguida, seus olhos são vendados. Com um pedaço de pau, executa a tarefa de quebrar o pote. A pessoa terá cinco minutos para quebrar o pote.

Aplicação prática: O crente deve ter alvos definidos e senso de direção ao andar. Cada movimento seu é sempre muito observado pelas pessoas ao redor. Não dependendo da direção do Espírito Santo, ele poderá prejudicar muitas pessoas com atitudes diversas, uma delas pode ser aplicada no momento de uma discussão, quando o descontrole emocional o cega. Nesse instante, se perde completamente o equilíbrio emocional, passando a planejar um meio de vingar-se em razão do prejuízo sofrido. A vingança é consumada no momento da explosão quando "quebra-se o pote". Esse é o pior momento, pois para remontar o pote será mais complicado.

52. O leque

Indicado: Para encontros sociais.

Objetivo: Conscientizar acerca da dificuldade que existe em compreender o outro quando não há um conhecimento completo dos fatos. Mostrar que a falta de comunicação às vezes causa problemas graves.

Material: Um papel em forma de leque e caneta.

Procedimento: Todos os elementos do grupo devem se sentar em círculo, com lápis na mão. O líder solicita que cada um comece contando uma história por escrito, escrevendo uma frase no alto da folha e dobrando a mesma para ocultar a parte escrita. Somente as ultimas palavras deverão aparecer, passando-se então a folha para o vizinho da direita. Este componente do grupo, aproveitando-se da última parte da frase de seu colega anterior, escreverá outra frase, dobrando novamente a folha, deixando aparecer somente a parte final da que a pessoa tem. Não se pode fazer uma análise através de uma única atitude. Precisa-se conhecer o contexto da situação. Só então deve-se pronunciar algum comentário.

Para pensar: "Sabeis isto, meus amados irmãos; mas todo o homem seja pronto para ouvir, tardio para falar, tardio para se irar" (Tg 1.19).

53. Contando história

Indicado: Para encontros sociais.

Objetivo: Observar a criatividade e sincronia do grupo, principalmente a fluência verbal.

Procedimento: Em primeiro lugar, deve-se reunir o grupo para criar uma história fictícia, abusando da imaginação e criatividade. Ao sinal, inicia-se a história, e cada componente terá um minuto para relatar sua parte, procurando manter a lógica e o sentido da história inicial. Mais um minuto, e outro componente do grupo continua até que o último tenha falado e concluído a história.

O exercício ajuda a melhorar a boa comunicação, pois é o melhor cartão de visita. Isso precisa ser bem exercitado por aqueles que falam de Jesus.

54. Pensamentos rápidos

Indicado: Para encontros sociais.

Objetivo: Estimular o aprendizado dos personagens bíblicos de forma criativa e com dinamismo.

Material: Uma caixa com palavras de versículos bíblicos conhecidos em cartões.

Procedimento: Efetue, previamente, a divisão dos grupos para a competição, de modo que a formação da equipe seja equivalente ao número de participantes.

Informe que terão que chegar até a caixa e retirar um nome de olhos vendados. Ao retirar o papel da caixa, o concorrente declara a palavra que está inserida no versículo e rapidamente cada elemento do grupo começa a dizer os versículos um após o outro, relativos ao assunto pedido (o número do texto não será obrigatório para a avaliação). O

Informe que terão que chegar até a caixa e retirar um nome de olhos vendados. Ao retirar o papel da caixa, o concorrente declara a palavra que está inserida no versículo e rapidamente cada elemento do grupo começa a dizer os versículos um após o outro, relativos ao assunto pedido (o número do texto não será obrigatório para a avaliação). O grupo começa falando bem depressa, sem repetir, o texto bíblico. Se falar até quinze versículos, o grupo ganha 15 pontos. Se não alcançar a meta, a vez é encaminhada ao grupo concorrente, esse irá até a caixa para retirar outra palavra. É interessante observar como um versículo leva a outro. Depois da retirada de dez palavras, faz-se a avaliação dos pontos para se eleger o ganhador.

55. Revezamento

Indicado: Para encontros sociais.

Objetivo: Demonstrar a responsabilidade de que todos têm de brilhar e carregar a luz de Cristo enquanto se está neste no mundo.

Material: Uma vela ou fósforo.

Procedimento: Divida os participantes em dois grupos. Solicite que dois participantes de cada grupo se candidatem para representar o grupo na disputa. Comece alertando sobre as medidas de segurança com a vela. Deve-se ter cuidado com os cabelos longos, amarrando-os para trás, assim como enrolar para cima as mangas compridas. Marque uma linha de partida.

O primeiro começa o revezamento, correndo e carregando uma vela acesa. Ele deve se mover o mais rápido possível através do percurso sem deixar apagar a vela. Quando tiver ido e voltado por todo o trajeto, entrega a vela ao primeiro da fila até que todos tenham participado.

Para dinamizar bem o exercício, pode se utilizar uma pequena vela, veja se o grupo termina o jogo antes que a vela acabe.

Aplicação prática: Jesus é a luz do mundo, essa luz tem que continuar iluminando o caminho dos homens através de nós.

Para pensar: "Porque, noutro tempo, éreis trevas, mas, agora, sois luz no Senhor; andai como filhos da luz" (Ef 5.8).

56. Devagar e sempre

Indicado: Para encontros sociais.

Objetivo: Exercitar a colaboração e ajuda mútua no Corpo de Cristo, favorecendo a integração e o contato corporal entre os participantes.

Material: Barbante.

Procedimento: Divida as pessoas em dois grupos. Nomeie uma comissão julgadora e marque a área de largada e chegada. Solicite que dez pessoas de cada grupo amarrem seu punho no punho de seu companheiro e se posicione lado a lado, numa distância de meio metro da outra. A competição consiste em atingir a linha de chegada em menos tempo, sem cair, arrebentar o barbante ou puxar o seu companheiro. O grupo que cometer essas faltas será desclassificado. Será vencedor o grupo que chegar primeiro. Pode-se também realizar a segunda competição, amarrando os pés dos companheiros e utilizando as mesmas técnicas.

Aplicação prática: No Corpo de Cristo deve haver sincronia entre os seus membros, caso contrário, haverá muitos prejuízos.

Para pensar: "Para que os seus corações sejam consolados, e estejam unidos em caridade e enriquecidos da plenitude da inteligência, para conhecimento do ministério de Deus — Cristo, em quem estão escondidos todos os tesouros da sabedoria e da ciência" (Cl 2.2,3).

57. Obstáculos na estrada

Indicado: Para encontros sociais.

Objetivo: Conscientização acerca do grau de confiança pessoal e segurança.

Material: Objetos diversos que podem servir de obstáculos.

Procedimento: O grupo que vai competir se reúne em uma sala e o líder mostrará um pequeno percurso de obstáculos, que poderá ser de um banco, um colchão, um tapete enrolado, livros e bacias plásticas colocados numa linha reta no chão a cada metro de distância. Mostre a linha de largada e de chegada antes de começar o percurso. Deixe-os estudar os locais dos objetos com cuidado. Em seguida, os escolhidos saem da sala e decidem quem fará primeiro o percurso de obstáculos; neste tempo, remove-se os obstáculos da sala. Coloque uma venda nos olhos do primeiro participante e leve-o ao local inicial. Enquanto ele percorre o caminho com muita cautela, o grupo pode rir e falar baixinho com gritos de cuidados e risos para indicar dificuldade. Quando terminar seu trajeto, tire a venda. Ele ficará surpreso. O segundo escolhido começa a sua trajetória de olhos vendados, enquanto os murmúrios e gritos aumentam.

Aplicação prática: As dificuldades são etapas normais da vida cristã. Elas até podem ser empecilhos, porém, se caminhar com fé, elas desaparecerão. O medo é que pode ser o pivô de dificuldade e insegurança.

Para pensar: "Assim que não nos julguemos mais uns aos outros; antes, seja o vosso propósito não pôr tropeço ou escândalo ao irmão" (Rm 14.13).

58. Fardo pesado

Indicado: Para encontros sociais em ar-livre.

Objetivo: Permitir a reflexão em relação às dificuldades do quotidiano, a mudança de atitude pode ser uma excelente opção.

Material: Uma jaca bem grande.

Procedimento: Deverá haver dois grupos em fila, um em frente ao outro. Em cada grupo, a primeira pessoa se ajoelha; a segunda, fica em pé; a terceira, se abaixa; a quarta, fica sentada; a quinta, fica em pé, depois se repete tudo novamente até o último. Ao sinal do líder, a jaca é passada rapidamente de uma pessoa para outra até a extremidade da fila. Deve-se aumentar a velocidade gradativamente. Se esta cair, todos páram e comem a jaca. A competição continua até que cada grupo dará palpites sobre o número de caroços que a jaca contém. O grupo que mais se aproximar, ganhará um prêmio.

Aplicação prática: O peso que muitas pessoas carregam, às vezes, é sem necessidade; basta deixá-lo aos pés da cruz e prosseguir com alegria, cheio das bênçãos de Deus.

Obs: Se houver dificuldade para encontrar a jaca, substitua por outra fruta — melancia, melão ou cacho de banana. Neste caso os palpites podem ser em relação ao número de bananas ou sementinha das frutas.

Para pensar: "Vinde a mim, todos os que estais cansados e oprimidos, e eu vos aliviarei. Tomai sobre vós o meu jugo, e aprendei de mim, que sou manso e humilde de coração, e encontrareis descanso para a vossa alma. Porque o meu jugo é suave, e o meu fardo é leve" (Mt 11.28,29).

59. Protesto

Indicado: Para encontros sociais.

Objetivo: Conscientização das pessoas acerca da dificuldade que existe em compreender os outros.

Material: Uma cadeira e um bumbo.

Procedimento: Nossa igreja é sustentada pelo trabalho e união dos crentes. A boa convivência provoca crescimento e satisfação para todos, mas sempre é bom analisar as atitudes dos membros. Dessa forma, muitos problemas poderão ser resolvidos pacificamente; para isso, se faz necessário um clima de muita compreensão, amizade e solidariedade entre os companheiros.

Escolha alguns elementos para representar alguns líderes:

- Família: Pai, mãe e irmãos.
- Escola: Professores, diretor, coordenador.
- Igreja: Pastor, líder dos jovens, líder dos diáconos, porteiros, professores da Escola Dominical.
- Trabalho: Chefe da sessão, amigos de serviço, salário.
- Política: Prefeito, governador, presidente.

É dado um tempo para que cada elemento do grupo vá a frente e expresse, tocando no bumbo, tudo o que estiver sentindo naquele momento em relação a cada uma das pessoas que o líder perguntar.

Aplicação prática: Confrontar sentimentos não é a melhor saída nos relacionamentos humanos, a melhor maneira é perdoar, compreender e conversar de forma amorosa e com muita sinceridade.

Para pensar: "Então, Pedro, aproximando-se dele, disse: Senhor, até quantas vezes pecará meu irmão contra mim, e eu lhe perdoarei? Até sete? Jesus lhe disse: Não te digo que até sete, mas até setenta vezes sete" (Mt 18.21,22).

60. Declaração de sentimentos

Indicado: Para encontros sociais.

Objetivo: Promover a integração do grupo e desenvolver a afetividade e sentimentos.

Material: Um belo jarro (que vai representar cada elemento do grupo).

Procedimento: Todos devem estar sentados em círculo e passar o jarro de mão em mão. O jarro é entregue para que cada um faça qualquer coisa com o jarro, só não se pode esquecer o que cada um fez.

Ao final, deve-se guardar o jarro e pedir que cada um repita com o seu vizinho o que fez com o jarro, sem esquecer nenhum detalhe.

Aplicação prática: A melhor maneira de se viver bem é desejando para o próximo aquilo que se deseja para si.

Para pensar: "Todavia, se cumprirdes, conforme a Escritura, a lei real: Amarás a teu próximo como a ti mesmo, bem fazeis. Mas se fazeis acepções de pessoas, cometeis pecado e sois redargüidos pela lei como transgressores" (Tg 2.7,8).

61. Escala de valores

Indicado: Para encontros sociais.

Objetivo: Refletir sobre valores pessoais, conduta e escolhas.

Material: Um coração de tamanho médio, lápis para desenhar e tesoura.

Procedimento: Distribua folhas de papel ofício para que seja desenhado um coração que ocupe toda a folha. Feito isto, divida o

Procedimento: Distribua folhas de papel ofício para que seja desenhado um coração que ocupe toda a folha. Feito isto, divida o coração ao meio com o lápis e escreva do lado esquerdo dez deveres do homem para com Deus e ao lado direito, dez deveres do homem para com o próximo. É claro que cada irmão tem a sua individualidade com o Senhor e uma maneira peculiar de servir ao próximo.

Ao terminar de escrever os deveres positivos na parte da frente, faça o mesmo na parte de trás do coração, escrevendo do lado direito dez atitudes reprováveis que o homem pode praticar para com Deus e dez atitudes prejudiciais, do lado esquerdo, que o homem pode praticar contra o próximo.

Para pensar: "Se alguém diz: Eu amo a Deus, e aborrece a seu irmão, é mentiroso. Pois quem não ama a seu irmão, ao qual viu, como pode amar a Deus, a quem não viu?" (1 Jo 4.20)

62. Caminhos

Indicado: Para encontros sociais.

Objetivo: Reconhecer que a vida tem os seus momentos de dificuldade, mas a paciência e confiança em Deus são fundamentais para encontrar soluções eficientes.

Material: Folha de papel ofício, lápis de cor e lápis.

Procedimento: O líder pede para se desenhar um lugar com quatro tipos de terrenos: de lama, cheio de pedras, cheio de insetos perigosos e um campo bem verdinho. A seguir, pede-se para que comecem a imaginar a caminhada no dia a dia da vida. Quantas vezes a pessoa atravessa várias dificuldades ou caminhos pedregosos, anda por estradas duras e apertadas durante o forte sol, mas também, em muitos casos, percorre uma terra fértil e agradável, com rios e brisa fresca. Enfim, enquanto a pessoa vai imaginando sua jornada, vai desenhando somente os seus pés percorrendo esses caminhos. Dentro de cada pegada, deve-se escrever a dificuldade encontrada.

Ao término, todos deverão sentar em semicírculo para discutir o socorro divino nos momentos de dificuldade e as grandes lições tiradas desses momentos.

Aplicação prática: Diante dos olhos humanos existem caminhos bons e ruins, mas para Deus tudo é um preparo que produz experiências para o próximo.

Para pensar: "Quando passares pelas águas, estarei contigo, e, quando pelos rios, eles não te submergirão; quando passares pelo fogo, não te queimarás, nem a chama arderá em ti" (Is 43.2).

63. Pepitas sobre as águas

Objetivo: Aprofundar o conhecimento bíblico sobre temas específicos.

Material: Enciclopédia, dicionário, bacia plástica, caneta, papel cortado na forma de quadrado (5cm x 5cm).

Procedimento: O líder divide o grupo em três equipes. Cada equipe vai escolher três temas que gostariam que fosse importante para a vida cristã. Os grupos receberão papel e caneta para que escrevam as sugestões; dobra-se os papéis unindo as pontas de cada lado ao centro, de forma que a mensagem escrita fique oculta a todos. Os papéis são colocados na bacia com as "abas" voltadas para cima; os papéis irão se abrir e, à medida que se abrem, o grupo, dono da sugestão, falará sobre o tema com o auxílio dos livros. O primeiro papel a se abrir iniciará, de acordo com o tema contido nele, a apresentação dos assuntos.

Sugestão de temas:

- A globalização e o evangelismo
- A igreja triunfante
- Missões, tarefa inacabada
- A batalha pela santificação
- Mentes transformadas
- Salvo e santificado
- Os agentes da santificação

64. Bem-me-quer

Indicado: Para encontros sociais.

Objetivo: Proporcionar um momento de reflexão sobre as atitudes pessoais e desvios.

Material: Florezinhas médias com duas faces (frente e verso); as duas partes devem ser coladas juntinhas, as pétalas devem ficar livres. Uma vasilha apropriada para queimar algo, álcool e fósforo.

Procedimento: O líder distribuirá as flores para que todos desenhem uma carinha alegre no miolo da frente; nas pétalas, cada um escreverá valores que julga possuir; atrás da flor, deve-se desenhar uma carinha triste ou com raiva, onde serão escritas falhas de caráter e defeitos ocultos. Ao término, as pétalas com atitudes negativas são bem dobradas para que o colega não tome conhecimento. Quando terminarem a tarefa, o líder pedirá que todos apresentem a sua flor diante de Deus. Ao terminar a oração, cada um se levanta em silêncio e coloca sua pétala negativa no fogo para que seja queimada.

Aplicação prática: O Senhor conhece os segredos do coração do homem, por isso a melhor atitude é confessar os erros, pois Ele é poderoso para nos consertar. Ele é o carpinteiro eficiente.

Para pensar: "Alimpai-vos, pois, do fermento velho, para que sejais uma nova massa, assim como estais sem fermento" (1 Co 5.7).

65. Espelho

Indicado: Para encontros sociais.

Objetivo: Refletir sobre o julgamento precipitado, avaliar a questão do respeito e a importância da identidade pessoal de cada ser humano.

Material: Um espelho e uma caneta de retroprojetor.

Procedimento: Escolha um voluntário para segurar o espelho enquanto o outro tentará desenhar o seu rosto no espelho com a caneta de retroprojetor. Ao término, apague com álcool e peça para que o outro faça o mesmo.

Quando todos tiverem passado por esta experiência, faça a aplicação, dizendo que a imagem interior é impossível de ser retratada, por melhor que seja o artista. Só quem pode fazê-lo com imperfeições é a própria pessoa e com perfeição é Deus, que a conhece com profundidade. Só Deus tem poder de traçar um perfil detalhado do "Eu" interior, pois, com certeza, Ele não esquecerá nada. O Senhor tem poder para conhecer todas as áreas subterrâneas da alma, podendo curar as feridas e consertar os problemas de desequilíbrio emocional, traumas e ajustar os desvios de caráter.

Para pensar: "Julgar precipitadamente é um grande pecado, quem persistir com essa prática, estará pecando contra a pessoa e contra Deus, o Criador".

66. Esconde-esconde

Indicado: Para encontros sociais.

Objetivo: Favorecer a auto-análise e uma reflexão sobre a presença de Deus no mundo e sua missão de dissipar as trevas.

Procedimento: Este jogo requer um bom número de participantes. Forme duplas e realize o esconde-esconde no escuro, escolhendo uma pessoa para procurar. Conforme se vai encontrando as pessoas, essas vão ajudando a procurar.

Aplicação prática: O homem em trevas se esconde de Deus o tempo todo; mas quando este permite que Deus o alcance, Ele retira-o do seu esconderijo escuro e transmite-lhe a luz da vida, passando a iluminar todos ao seu redor.

Para pensar: "O povo que estava assentado em trevas viu uma grande luz; e aos que estavam assentados na região e sombra da morte a luz raiou. Desde então, começou Jesus a pregar e a dizer: Arrependei-vos, porque é chegado o Reino dos céus" (Mt 4.16,17).

67. Quente e frio

Indicado: Para encontros sociais.

Objetivo: Diagnosticar os pontos fortes e fracos de confiança nas promessas de Deus.

Material: Uma pequenina caixa de presente.

Procedimento: Esconda uma linda caixa de presente bem pequena. Peça para que em um determinado momento um elemento do grupo a encontre. À medida que a pessoa se aproxima do alvo, dê estes palpites: fervendo (muito perto), quente, morno, fresco, frio, gelado (muito longe). A pessoa que procura, caminha e olha, enquanto os outros dão dicas. Quando o objeto for encontrado, o descobridor será o próximo a esconder e fornecer os palpites.

Aplicação prática: As atitudes inconstantes impedem que grandes vitórias sejam alcançadas. A falta de fé e desânimo fazem esfriar a confiança e esperança.

Para pensar: "A esperança demorada enfraquece o coração, mas o desejo chegado é árvore de vida" (Pv 13.12).

68. Gente diferente

Indicado: Para encontros sociais.

Objetivo: Facilitar o conhecimento e reflexão sobre sentimentos infantis e auto-análise.

Material: Figuras de corpos de crianças sem a cabeça e recortes de revistas de cabeça de homens e mulheres.

Procedimento: Distribua para os presentes os corpos de crianças para que colem cabeças de adultos. A seguir, faça uma exposição dos desenhos. Isso provocará muitas risadas.

Aplicação prática: Fale sobre o crescimento espiritual tão falado através do apóstolo Paulo.

Para pensar: "Com leite vos criei e não com manjar, porque ainda não podíeis, nem tampouco ainda agora podeis; porque ainda sois carnais, pois, havendo entre vós inveja, contendas e dissensões, não sois porventura, carnais e não andais segundo os homens?" (1 Co 3.2,3)

69. Recital

Indicado: Para encontros sociais.

Objetivo: Criar um clima para refletir a questão de se viver de aparência.

Material: Ambiente preparado para apresentação musical.

Procedimento: Anuncie que haverá uma apresentação especial de música. Apresente o músico que tocará um teclado, piston, ou guitarra, etc. Tocará o instrumento que for mais fácil de conseguir. Ele começará tocando de forma a impressionar a platéia. Dê um tempo para ouvir os aplausos.

Este personagem não pode ser conhecido do grupo. Ninguém saberá que ele só estará fazendo mímica, pois um gravador reproduzirá a música previamente gravada.

Aplicação prática: As aparências enganam.

Para pensar: "Porém o Senhor disse a Samuel: Não atentes para a sua aparência, nem para a altura da sua estatura, porque o tenho rejeitado; porque o Senhor não vê o que está diante dos olhos, porém o Senhor olha para o coração" (1 Sm 16.7).

70. Derrubando muros

Indicado: Para encontros sociais.

Objetivo: Enumerar as muitas dificuldades da alma para superar problemas emocionais.

Material: Caixa de fósforos, papel para escrever e caneta.

Procedimento: Cada componente recebe uma caixinha de fósforo e escreve três dificuldades que o impede de se relacionar com as pessoas. Recomenda-se não se identificar. Ao término, feche a caixinha e coloque-a num muro que estará sendo construído com as caixinhas. Quando o último colocar a sua caixa, o líder fará uma oração e súplica ao Senhor para que os muros que estejam impedindo os relacionamentos sejam derrubados. Ao término da oração, o muro deverá ser derrubado. Cada componente do grupo deve pegar uma caixinha e começar a discutir cada situação escrita com a finalidade de, relatando as dificuldades, buscar uma solução bíblica para cada uma.

O grupo e as pessoas envolvidas devem realizar outras reuniões para continuar derrubando muros.

Para pensar: "Pela fé, caíram os muros de Jericó, sendo rodeados durante sete dias" (Hb 11.30).

71. O medo

Indicado: Para encontros sociais.
Objetivo: Diagnóstico dos pontos que geram medos e frustrações.
Material: Bolas coloridas, alfinetes de cabeça, papel para escrever e lápis.

Cada componente do grupo deve escrever os medos que o impedem de levar uma vida normal. Sopre um balão de ar e coloque os papéis dentro do balão. O líder pede que todos passem os balões de mão em mão, enquanto cantam uma música calma. Quando o líder tocar um apito, todos os balões devem ser estourados imediatamente. Cada pessoa pegará o papel conforme a oportunidade que lhe é dada, lendo os medos escritos nos papéis. O líder vai orientando, juntamente com o grupo, meios de exterminar com esse gigante assustador.

Para pensar: O medo é o maior inimigo do homem, mas Deus é a sua maior fortaleza; basta apegar-se a Ele sem temer, assim a fé se tornará uma fortaleza.

72. Coração barulhento

Indicado: Para encontros sociais.

Objetivo: Provocar reflexão sobre a emoção e ação, essas duas situações podem mudar o curso da vida das pessoas.

Material: Lápis e um coração, que forma em sua cavidade o desenho de um pé.

Procedimento: Leitura do Poema "Coisas do Coração".

Coração barulhento, chama a atenção pulando,
Outras vezes bate tão forte que fico muito cansado.
Por mais que tente acalmá-lo, ele corre desesperado,
Não consigo detê-lo, pois bate acelerado.

Se pára e vai descansar, fica logo irritado,
Ele já está incomodado, não tem ânimo para nada.
Então lhe pergunto preocupado: será que acabou a pilha?
Não! — responde assustado. Estou é muito chateado!

De novo tento agradar-lhe, mas a situação é complicada,
Porque agora ele diz que está bem calmo,
Só está sonhando acordado com as riquezas da vida.
Isso deixa meus pés ansiosos para ir à terra encantada.
Que topada! De novo entro numa fria, a riqueza é fantasia.
Tento convencê-lo a tomar jeito, então me fala com carinho
Agora vou ficar bonzinho, mas só dura um minutinho,
Já apronta outra vez dizendo: Eu quero voar sozinho.

Meus pés não agüentam mais, de tanto tratar feridas.
Então começo a pedir socorro, para aquele que entende
essa máquina complicada, tão linda, mas tão agitada.
Meu Deus diz: agora basta! Chega de provocar desastres.

Seguro nas mãos de Cristo para corrigi-lo com amor.
Controlar suas emoções e consertar teus desejos.
De dar um sangue novo, e um caminho perfeito,
Guiando-te passo a passo, para ser feliz e equilibrado!

Aplicação prática: "Tuas emoções guiam os teus passos". Distribua os corações para que sejam escritos os perigos que as emoções podem causar na vida do homem. Depois comente que só Deus pode ajudar a pessoa a trilhar caminhos retos.

73. Contar história

Indicado: Para encontros sociais.

Objetivo: Conscientizar os alunos acerca da dificuldade que existe em compreender o próximo, quando não há um conhecimento completo dos fatos a serem analisados.

Procedimento: Todos os alunos da classe devem sentar em círculo. O professor introduz a dinâmica, contando o fato sobre um suposto fumante dentro da igreja:

"Um irmão serralheiro foi visto por um companheiro de trabalho, também evangélico, fumando enquanto trabalhava. A situação ficou muito complicada."

O professor pára a história e solicita que cada um continue narrando o fato com bastante detalhes e criatividade. Cada aluno vai aproveitar a última parte da frase de seu colega anterior e continuará até que todos tenham contado a sua versão para o fato. Quando o último aluno narrar, o líder encerra a história, falando o seu final:

"Quando na reunião de ministério, a situação foi exposta diante do plenário, o serralheiro estremeceu. Não estava acreditando no que ouvia. Muito nervoso, falou sobre o mal-entendido:

— O suposto cigarro que estava na minha boca, era um lápis branco que estava riscando o ferro escuro. A brasa e a fumaça eram o resultado da solda queimando."

Aplicação prática: Antes de contar um fato ocorrido que venha prejudicar alguém, passe o fato pelas três peneiras que nos fala o sábio filósofo Sócrates, a saber: a peneira da verdade, a peneira da bondade e a peneira da necessidade.

Para pensar: "Não julgueis, para que não sejais julgados" (Mt 7.1).

74. Guarda-chuva

Indicado: Para encontros sociais.

Material: Guarda-chuva, papéis retangulares com palavras escritas, linha para pendurar as palavras.

Objetivo: Possibilitar a reflexão sobre o dinheiro e as riquezas passageiras deste mundo em relação com os bens eternos.

Procedimento: O líder inicia a dinâmica, oferecendo à classe um guarda-chuva com palavras penduradas nas hastes de arame. Os alunos irão passar o guarda-chuva de mão em mão bem devagar, examinando as palavras penduradas até escolher uma e puxar do arame para comentar sobre o motivo de sua escolha.

As palavras são: igreja, bondade, perdão, dinheiro, casa própria, amor, plano de saúde, emprego, conhecimento bíblico, caderneta de poupança, educação, paz, diploma, automóvel, avião, vício, computador, preguiça, solidariedade, vida, compaixão, aposentadoria, amizade, alimentação, vestuário.

Se houver um grande número de participantes na classe, as pala vras devem ser repetidas duas vezes para que as duplas respondam as seguintes perguntas:

- Por que escolheu a palavra?
- Que benefício pode me oferecer?
- Que cobertura o dinheiro pode me dar para ser feliz?
- Que cobertura a sabedoria pode me dar para ser feliz?

Aplicação prática: Fazer comentário daquilo que o dinheiro pode dar e sobre as virtudes que não são compradas com nenhum valor monetário. A cobertura do dinheiro é provisória e precária, porém, tal como o guarda-chuva, a sabedoria é uma cobertura segura e eterna.

Para pensar: "Tão boa é a sabedoria como a herança, e dela tiram proveito os que vêem o sol. Porque a sabedoria serve de sombra, como de sombra serve o dinheiro; mas a excelência da sabedoria é que ela dá vida ao seu possuidor" (Ec 7.11,12).

75. Fonte viva

Indicado: Para estudos bíblicos.

Objetivo: Observar o coração como uma fonte viva, produzindo verdadeira sabedoria.

Material: Um coração com uma torneira gotejando águas. As gotas devem ter o espaço para escrever uma palavra ou frase.

Procedimento: Forme um círculo com os participantes e distribua os corações. Oriente para que cada pessoa escreva nas gotas aquilo que têm saído do seu coração. Atrás do coração, haverá o seguinte texto: "Porventura deita alguma fonte de um manancial água doce e água amargosa?" (Tg 3.11). Fazer um exame introspectivo antes de escrever nas gotas.

Aplicação prática: Após o exercício, divida os participantes em dois grupos e peça para que comentem sobre o texto abaixo. Ao final, cada grupo apresenta o relatório da discussão.

Para pensar: "Eis que Deus é a minha salvação; eu confiarei e não temerei porque o Senhor Jeová é a minha força e o meu cântico e se tornou a minha salvação. E vós, com alegria, tirareis águas das fontes da salvação" (Is 12.2,3).

76. Bom de Bíblia

Indicado: Para estudos bíblicos.

Objetivo: Estimular o aprendizado bíblico e o trabalho em equipe, proporcionando o desenvolvimento competitivo.

Material: Perguntas das lições bíblicas na revista do aluno.

Procedimento: A competição consiste em descobrir a classe que melhor responde as perguntas das treze lições estudadas. Para isso, todos devem responder e estudar as perguntas contidas na própria revista do aluno. A classe que ganhar a competição deve ganhar um almoço organizado pelo departamento de educação cristã.

Normas para organização das classes competidoras:

O agrupamento dos competidores deve levar em consideração o número de classes que pretende formar e as características dos componentes, isto é, a faixa etária dos participantes.

A identificação deve ser com o nome ou número da classe.

Cada concorrente deve possuir o nome da classe, pelo menos, com 20cm de altura por 12 de largura, colado na blusa.

Perguntas: A competição constará de 40 perguntas (acrescenta-se mais, se quiser).

O concorrente terá cinco segundos para começar a responder e trinta segundos para terminar a resposta. As perguntas devem ser sorteadas e retiradas de dentro de uma urna.

Substituição: Os professores poderão substituir os concorrentes apenas durante os intervalos entre as perguntas.

O concorrente que responder cinco perguntas consecutivas e estas forem julgadas corretas pelos juízes, será substituído.

Marcação: Cada resposta certa valerá 15 pontos.

A disciplina da classe valerá 10 pontos.

Erros: Após a terceira resposta errada dada por um mesmo aluno, serão tirados 10 pontos.

Empate: Se os juízes marcadores da contagem constatarem que houve empate após as perguntas terem sido feitas, haverá uma prorrogação e o inquiridor fará mais cinco perguntas.

Os juízes: Serão designados cinco juízes de respostas para a competição. Nenhum comentário, além de certo ou errado, será feito pelos juízes.

Resposta. Respostas incompletas são consideradas erradas.

A disciplina: Durante o evento, ela deverá ser conquistada através de processos de liderança com a maior eficiência, encorajando os alunos a obedecerem as normas estabelecidas de forma agradável e segura.

77. Júri simulado

Indicado: Para estudos bíblicos.

Objetivo: Permitir uma avaliação minuciosa das atitudes e conflitos. Oferecer também oportunidade de reflexão sobre determinada situação em épocas diferentes e em contextos sociais diversos.

Procedimento: Divida a turma da seguinte maneira: um promotor e um auxiliar; um advogado de defesa e um auxiliar; um réu; sete jurados; oito testemunhas, entre as de defesa e acusação, sendo que, entre as testemunhas, contam-se peritos em alguns assuntos de interesse do julgamento; o líder seria o juiz; os restantes dos alunos dividem-se em grupos para representar outros elementos de participação. Distribua entre os integrantes os pontos principais do julgamento em folhas de informações e a seqüência dos trabalhos.

A sala deve estar arrumada com as cadeiras na disposição correta. A folha de informação deve conter todas as informações teológicas e leis que devem ser consultadas.

A dinâmica constitui verdadeiros debates orientados, com a participação prazerosa e ativa do grupo que, sem sentirem, apresentam muito mais assunto do que em uma aula de preleção.

A função dos elementos do júri:

O juiz: comanda o julgamento, rejeita provas, ratifica e coordena cada questão, sendo também responsável pela conclusão.

O promotor: encarregado de promover a ação.

Os advogados: fiscalizam as respostas dadas pelos elementos envolvidos dizendo: "endosso", ou seja, "concordo com a resposta", "confirmo" ou "protesto".

Vinte minutos antes do término, o líder interrompe os trabalhos, faz uma apreciação do "julgamento" e o desfecho.

Para ficar mais autêntico, pode-se utilizar provas criativas.

Sugestão de temas para julgamento:

- Aborto, pena de morte, discriminação racial e outros.
- Uma calúnia contra uma pessoa — depois fazer aplicação do perigo dessa atitude.
- Uma questão de testamento de algum irmão — depois da distribuição dos bens pode-se fazer aplicação das riquezas que Deus deixou para nós, as quais poucos conseguem desfrutar totalmente.
- Uma personagem do Antigo Testamento.

- Uma personagem do Novo Testamento.
- Um sapato velho que pode ser julgado pelo seu estado vergonhoso, o qual, no pé de seu dono, provoca discriminação e vergonha.
- Uma coroa bem bonita que provoca muitos desastres por onde passa, pois todos querem possuí-la a qualquer preço.
- Roubos, mortes, separação de amigos.
- Julgamento de cidades pecadoras.

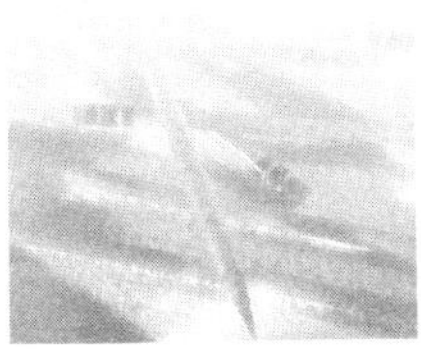

2ª Parte

Dinâmicas com as Parábolas de Jesus

"E, acercando-se dele os discípulos, disseram-lhe: Por que falas por parábolas?

Ele, respondendo, disse-lhes: Porque a vós é dado conhecer os mistérios do Reino dos céus, mas a eles não lhes é dado; porque àquele que tem se dará, e terá em abundância; mas aquele que não tem, até aquilo que tem lhe será tirado.

Por isso, lhes falo por parábolas, porque eles, vendo, não vêem; e, ouvindo, não ouvem, nem compreendem.

E neles se cumpre a profecia de Isaías, que diz: Ouvindo, ouvireis, mas não compreendereis e, vendo, vereis, mas não percebereis" (Mt 13.10-14).

Parábolas de Jesus

A proposta nesta segunda parte da obra é trabalhar utilizando as parábolas de Jesus e garantir um aprofundamento maior de cada aspecto inserido no contexto dos fatos narrados pelo Mestre.

As parábolas constituem grande tesouro a ser explorado pelo líder. Nossa proposta é aplicar várias estratégias, com a finalidade de apresentar seu aspecto real ensinado por Jesus e, também, transformando-as em material de dinâmicas, adaptando-as em textos reflexíveis.

O que é uma parábola?

Nome dado pelos retóricos gregos a uma ilustração literária cuja verossimilhança se realiza estabelecendo um vínculo entre a ficção e a realidade à qual remete. Ela ilustra por meio de símbolos. Sua finalidade moralista e narrativa tem o propósito de ensinar, estabelecendo semelhanças bem apropriadas para a clara compreensão do que se explica. O discurso é sério, servindo simplesmente de ilustrações morais e espirituais. A parábola nem sempre lança mão de histórias verídicas, mas admite a probalidade, ensinando mediante ocorrências imaginárias, mas que jamais fogem à realidade das coisas. A narrativa não é um mito, pois este narra uma história como se fosse verdadeira, porém não adiciona nem a probabilidade nem a verdade. A didática de Jesus ao utilizar este método literário era perfeita, pois a mente humana compreende facilmente uma história. Sempre será mais difícil aprender o intuito de um conceito do que uma história ilustrativa. De fato, as ilustrações nos ajudam a fixar conceitos. Por isso, Jesus usou muitas parábolas, especialmente para ensinar seus discípulos sobre o Reino de Deus.

1. O semeador

"E falou-lhe de muitas coisas por parábolas, dizendo: Eis que o semeador saiu a semear. E, quando semeava, uma parte da semente caiu ao pé do caminho, e vieram as aves e comeram-na; e outra parte caiu em pedregais, onde não havia terra bastante, e logo nasceu, porque não tinha terra funda.

Mas, vindo o sol, queimou-se e secou-se, porque não tinha raiz.

E outra caiu entre espinhos, e os espinhos cresceram e sufocaram-na.

E outra caiu em boa terra e deu fruto: um, a cem, outro, a sessenta, e outro, a trinta.

Quem tem ouvidos para ouvir, que ouça" (Mt 13.3-9).

O porquê da parábola: A parábola foi anunciada porque Jesus se incomodou com tantas pessoas diferentes ao seu redor. Elas não queriam muito compromisso e naquele momento não tinham condições reais de receber a semente da mensagem anunciada por Jesus.

Princípio moral: Todo homem possui noção do dever que o leva a praticar o que é bom e evitar o que é mau. Suas falhas devem ser corrigidas, jamais procurando encobrir ou disfarçar os erros. Dar o melhor de si próprio a fim de ser melhor discípulo, melhor cidadão, melhor homem é uma tarefa nobre. Essas são qualidades essenciais à formação do ser humano e, portanto, indispensáveis à vitória nos embates da vida e na conquista de grandes empreendimentos terrenos e divinos. .

Na parábola de Jesus, os três solos problemáticos representam tipos de indivíduos com imagem fora dos padrões estabelecidos por Deus para florescer, crescer e frutificar. Segundo o mestre, cada um dos três terrenos possuía falhas que os caracterizava como improdutivos. Só o último estava apto para receber a semente, crescer e produzir satisfatoriamente.

Princípio espiritual: Jesus, em reunião particular com o corpo de discípulos, começou a responder alguns questionamentos sobre as suas parábolas. O assunto girava em torno do conhecimento dos mistérios do Reino dos céus. O mestre dizia que no ambiente espiritual, se a pessoa tem um conhecimento, este ser-lhe-á abundantemente acrescentado, mas aquele que não tem, será retirado até o pouco que possui.

Isso dizia porque ainda estava impressionado com o coração endurecido do povo:

"Porque o coração deste povo está endurecido, e ouviu de mau grado com seus ouvidos e fechou os olhos, para que não veja com os olhos, e ouça com os ouvidos, e compreenda com o coração, e se converta, e eu o cure" (Mt13.15).

Jesus no seu discurso condenava atitudes individuais através da parábola:

1) O solo vulnerável – Pessoa com falta de entendimento. Esse é um terreno fértil para o Inimigo agir. No caso da parábola, não havia onde esconder a semente, ela ficou exposta e foi engolida pelas aves. Assim acontece com uma pessoa endurecida pela incredulidade, nada germina.

2) O solo pedregoso – Pessoa altamente receptível e alegre, mas sua visão é tão rasa que não consegue cultivar a mensagem para transformá-la numa árvore frondosa.

3) O solo espinhoso – Esse até que tem um solo razoável, só precisa de uma limpeza no terreno. Geralmente, essa pessoa gosta de seus espinhos e não quer se desfazer deles. O amor ao mundo sufoca a mensagem divina, por isso não consegue crescer.

4) O solo bom – O bom terreno consegue alcançar todos os limites no Reino de Deus, frutificando em tudo: 30/60 e 100.

Discussão em grupo

- Se você tivesse que transformar os solos da parábola do semeador em pessoas, como você chamaria cada um?
- É fácil ajudar o homem a melhorar suas qualidades morais?
- Faça comparações das atitudes dos homens com os solos da parábola:
  • Homem X solo duro
  • Homem X solo pedregoso
  • Homem X solo espinhoso
- Cada homem é um "semeador". O que você tem semeado e que tipo de solo tem percorrido?

Dinâmica - Investigação

Objetivo: Refletir sobre os tipos de desculpas que o homem utiliza para justificar sua falta de objetivo e fraqueza.

Material: Um pedaço de material rígido, uma pedra em tamanho médio, um galho cheio de espinhos, um galho de árvore bem vivo com flores preso numa esponja molhada.

Procedimento: Estude bem a parábola, selecione o material e aplique-o com muito cuidado, evitando fugir do objetivo formulado.

A reflexão é o ponto-chave. A parábola propõe levar a platéia a pensar como estão seus conceitos e valores interiores. A finalidade de Jesus ao aplicá-la era que houvesse reflexão e mudança de atitudes.

Este exercício pode ser realizado com a finalidade de despertar o senso de análise no que diz respeito às diferenças individuais.

Após a leitura da parábola do semeador, distribua os elementos simbólicos que representam os tipos de solo indicados na parábola.

1º grupo: O material rígido, simbolizando solo duro e sem vida. Passar de mão em mão, procurando definir os aspectos da personalidade da pessoa que tem o coração enrijecido e os motivos que a tornaram assim.

2º grupo: A pedra para simbolizar o coração cheio de mágoas e sentimentos insensíveis. O grupo deve investigar o motivo das pedras no coração, oferecendo soluções para limpeza.

3º grupo: O galho cheio de espinhos para comentar sobre a pessoa que fere todos ao seu redor. Essa forma de agir entristece o próximo.

4º grupo: Um coração com modelo de esponja e uma vasilha plástica com água. Fale que assim como a esponja absorve a água, um coração bom absorve todas as boas palavras da Bíblia.

Depois de distribuídos os elementos, converse sobre a manifestação dos temperamentos e suas conseqüências.

Avalie características físicas, tais como: humor, comportamento social (relacionamento) e individual, preferências, estilo de vida, afetividade, sistema nervoso — como funcionam seus movimentos na hora da ação, o pensamento — rápido ou lento —, emotividade e ansiedade, agressividade, sexualidade, sentimento familiar e suas manifestações, sentimentos maléficos como inveja, ciúme, roubo, vícios.

Observe o caráter. Antes de iniciar a análise, deve-se conceituar o que é caráter, assim todos entenderão que consiste na maneira habitual, constante e global, própria de o indivíduo reagir no ambiente social em que está inscrido. É a marca ou sinal gravado na sua personalidade.

Grupo das características pessoais: colérico, passional, sentimental, sangüíneo, fleumático, indolente, sentimental, intelectual, introvertido, extrovertido, religioso, apático, etc.

Conhecendo um pouco as características acima, o líder poderá oferecer oportunidade a cada aluno para que deixe Deus limpar com eficiência a terra interior do seu coração.

Texto para reflexão

A fábrica

Uma fábrica funcionava num casebre bem caótico. A falta de conservação e descuido dos empregados deixava aquele ambiente com aspecto de abandono. O dono, já idoso, resolveu contratar um profissional recém-chegado na cidade para implantar uma mudança completa na fábrica. O novo administrador comprou um terreno e começou a construir um novo prédio. Que lindo! Novos equipamentos e máquinas de última geração começaram a chegar. O investimento era de grande porte. Alguns funcionários antigos diziam: "Isso é um absurdo, podemos aproveitar o que temos", mas ele estava determinado a mudar completamente a performance da fábrica. Tudo estava indo muito bem, apesar de muita resistência. Então chamou quatro funcionários, um de cada departamento, e financiou o curso de reciclagem e aperfeiçoamento, pois logo partiria deixando a fábrica nas mãos de homens bem treinados e competentes.

Depois de alguns meses, chamou os quatro para avaliar o resultado do investimento:

O primeiro funcionário começou a dizer que durante as aulas não concordava com nada, rejeitava as mudanças afirmando que, até aquele dia, a fábrica conseguira sustentar seus funcionários, para que mudar? Não eram necessários métodos nem técnicas novas, pois o que tinham era suficiente para sustentar o pessoal e trazer grandes lucros para a empresa.

O segundo gostou muito do curso e ficou feliz com todas a mudanças, mas argumentava que havia muitos problemas a serem resolvidos com o pessoal. Alguns funcionários-problema precisavam ser excluídos do quadro. Tirando as pedras de tropeço, tudo na fábrica ficaria melhor.

O terceiro não cansava de murmurar sobre todos ao seu redor, a crítica era a sua melhor ferramenta, seus problemas pessoais eram mais importantes que as mudanças da fábrica.

O clima já estava bem pesado com tantas palavras de desencorajamento. Então, o quarto funcionário foi introduzido para avaliação. Com este, a conversa começou animada. Ele foi logo expondo como os novos métodos aprendidos poderiam mudar os relacionamentos e, consequentemente, o trabalho seria bem mais produtivo na fábrica. Sua visão para o serviço tinha mudado completamente, pois tinha certeza de que a expansão da fábrica no mercado seria muito eficaz se melhorasse a qualidade profissional e empregasse técnicas eficientes. Suas palavras impressionaram até o dono da fábrica. Seu potencial fez com que o executivo lhe entregasse a administração da empresa, pois o dono obedeceu a sugestão daquele que sabia avaliar talentos humanos.

A partir daquelas mudanças, aquela fábrica não era mais lembrada com desdém pela concorrência, mas com respeito por saber que o seu administrador era o melhor, favorecendo com isso sua prosperidade.

Aplicação prática: Jesus veio a este mundo investir em vidas degeneradas pelo pecado, mas muitos não acreditam nas boas novas do evangelho. Seus corações não estão abertos para mudanças. Na parábola acima, os três elementos se deixaram levar pelos problemas e desprezaram o investimento que poderia torná-los ricos. Só um acreditou e teve sua vida completamente mudada.

Respondendo francamente:

- Você é favorável a mudanças?
- Analise a conduta dos quatro funcionários no período de mudanças.
- O esforço humano sempre é recompensado?
- Quais os sentimentos dominavam a vida do primeiro funcionário que não concordava com nada ?

( ) medo ( ) incapacidade ( ) preguiça ( ) inveja ( ) ciúme

( ) falta de visão ( ) falta de amor ( ) dificuldade de relacionamento

- Qual a sua porcentagem pessoal no investimento no Reino de Deus?

"Bem-aventurados vós, que semeais sobre todas as águas e que dais liberdade ao pé do boi e do jumento" (Is 32.20).

2. O trigo e o joio

"Propôs-lhes outra parábola, dizendo: O Reino dos céus é semelhante ao homem que semeia boa semente no seu campo; mas, dormindo os homens, veio o seu inimigo, e semeou o joio no meio do trigo, e retirou-se. E, quando a erva cresceu e frutificou, apareceu também o joio. E os servos do pai de família, indo ter com ele, disseram-lhe: Senhor, não semeaste tu no teu campo boa semente? Por que tem, então, joio? E ele lhes disse: Um inimigo é quem fez isso. E os servos lhe disseram: Queres, pois, que vamos arrancá-lo? Porém ele lhes disse: Não; para que, ao colher o joio, não arranqueis também o trigo com ele. Deixai crescer ambos juntos até à ceifa; e, por ocasião da ceifa, direi aos ceifeiros: colhei primeiro o joio e atai-o em molhos para o queimar; mas o trigo, ajuntai-o no meu celeiro" (Mt 13.24-30).

O porquê da parábola: Jesus, ao terminar de explicar a parábola do semeador, começa a narrar a parábola do trigo e do joio. Ele anuncia a narrativa, porque passou uma boa parte do dia semeando no coração das pessoas a semente do Reino de Deus, mas Jesus sabia que o adversário não podia arrancar do coração o que cada ouvinte recebeu, então, no oculto das trevas o adversário começaria a trabalhar para impedir que todos que ouviram seus ensinamentos o adorassem. Por isso, plantou o joio, que representa pessoas com a finalidade de atrapalhar o bom crescimento do cristão, pois, segundo especialistas, o joio numa plantação de trigo é sempre sinônimo de problemas.

Jesus também queria completar o seu ensinamento sobre a atitude do homem ao receber a Palavra. Ele sempre recebe bem a mensagem, o problema é que o adversário sempre arruma um jeito para impedir que a semente venha germinar e crescer tranqüilamente.

Princípio moral: As atitudes enganosas e desonestas sempre são descobertas, mesmo que demore um pouco. Pois nunca ninguém conhece de fato o interior das pessoas; só podemos conhecer a índole do homem mau através dos seus frutos. O julgamento fora do tempo pode causar grandes desastres.

A parábola indica o cuidado do fazendeiro quando age com cautela para não prejudicar o crescimento do trigo, pois o joio e o trigo são parecidos. Essa mesma cautela deve haver quando se trata de pessoas perversas e sagazes, que zombam de Deus com as suas atitudes; elas agem ocultamente para prejudicar o próximo, mas parecem boas, por isso é praticamente impossível tocá-las. A única alternativa é esperar que suas próprias ações as condenem, mesmo sendo no final da vida.

Princípio espiritual: No Reino dos céus, o inimigo sempre tentará impedir o crescimento da obra com enganos sutis através de falsos irmãos. Só no tempo da ceifa, Deus ajustará contas com o mundo e com as duas espécies de filhos, a saber, os de Deus e os do Maligno.

O ataque à lavoura durante a noite indica que o inimigo escolhe aqueles momentos em que as pessoas estão cansadas e sonolentas, um momento excelente para ele agir. O ideal, no caso da lavoura, é que uma equipe dormisse e outra estivesse em vigia, assim não haveria ataques.

A parábola também faz lembrar sobre o cuidado do lavrador ao semear. O crescimento de duas sementes juntas é perigoso e condenável por Deus. Ele orientou Moisés sobre o problema da mistura de semente. Deus falou sobre a proibição da união dizendo: "no teu campo, não semearás semente de mistura" (Lv 19.19), porque depois de semeado e crescido fica impossível arrancar, se o fizer, muitas sementes boas sofrerão prejuízo.

Discussão em grupo

- Você tem praticado a ordenança de Jesus sobre vigiar?
- O que você faz quando, no meio do grupo, entra uma pessoa que não entende a vida em comunhão e causa grandes problemas?
- O ecumenismo é um movimento que visa a unificação das igrejas cristãs. Você é a favor desse movimento ou mistura?

Dinâmica - Diferenças existem

Objetivo: Exercitar a unidade e observar o grau de tolerância do grupo enquanto trabalham.

Material: Um rolo de barbante.

Procedimento: Comece com a leitura da parábola e, a seguir, entregue o rolo de barbante para que todos se amarrem juntos pelos pés. Oriente que não se pode pular ou desamarrar. Todos devem permanecer amarrados até o final da dinâmica.

Tarefas:

1° grupo: Na parábola do trigo e do joio, vemos que as duas espécies de sementes cresceram juntas, então analise: a influência dos companheiros pode conduzir a caminhos perigosos?

2º grupo: O Inimigo sempre trabalha às escondidas, como foi no caso da parábola. Qual a sua opinião sobre o engano?

3º grupo: Os empregados da fazenda queriam arrancar o joio à força. Você acha que a violência e radicalismo podem resolver bem uma situação entre irmãos?

4º grupo: Manifeste opiniões sobre amizades com pessoas de vários credos religiosos.

Pergunta-se: Essas amizades podem influenciar na conduta pessoal? Responda com refutação bíblica.

Encerramento: Quando todos tiverem terminado o exercício, pergunte a cada grupo sobre a sensação de estar amarrada a outra pessoa, enquanto trabalhavam. Na parábola, Jesus disse que o trigo estaria amarrado pela raiz com o joio até a ceifa.

Texto para reflexão

A esponja

Uma esponja gigantesca alcançou fama com o seu alto poder de absorver água por onde passava. Ela era temida por todos os fazendeiros da região. As lavouras praticamente se transformavam em desertos.

A esponja ouviu falar de um grande fazendeiro que estava a cultivar uma linda lavoura de trigo. Imediatamente, chegou às suas terras. Ficou contemplando a nova técnica de irrigação, uma fonte cristalina jorrava sem parar sobre a lavoura. Dizia consigo, quando todos dormirem, eu começarei a beber toda a sua água, pois estarei debaixo de suas terras.

À noite, quando todos dormiam, começou a sugar a água, mas não conseguiu sucesso com o seu antigo plano, pois a água pura da fonte queimava a velha esponja. Então convidou todos os seus parentes para acabar com o trigal. Apesar do grande estrago no terreno, nada foi abalado, o trigo continuava a crescer; mesmo que seu trabalho contínuo permanecesse, a decepção era tremenda. As esponjas se multiplicaram a tal ponto que não havia um pé de trigo sem ter uma por perto. Mas o trigal ia crescendo, a fonte viva trabalhava noite e dia para impedir a morte do trigal. O verão se aproximava e já estavam a aparecer os primeiros frutos. Não demorou muito para que os empregados começassem a se preparar para a ceifa. No dia marcado, todos os empregados começaram a colher o trigo com tanta rapidez que a esponja e seus parentes se atrapalhavam, tentando impedir a colheita. Mas o trabalho foi tão rápido que o trigo foi colhido integralmente. Quando o trigo estava a salvo no celeiro, o fazendeiro veio e ateou fogo no terreno. A esponja não teve tempo para fugir, pois estava tentando encontrar forças para atacar outras terras. O fogo tomou conta de tudo, mas o trigo estava a salvo.

Respondendo francamente:

- O adversário é um ladrão audacioso. Como você tem se livrado do seu ataque?
- Você tem se preparado para o dia da colheita dos salvos?
- O texto deixa claro que a salvação do trigal foi em razão da fonte viva que irrigava continuamente a terra. O que tem irrigado a sua vida a cada dia?
- Quando você encontra um grande obstáculo que impede o seu sucesso, qual é a sua reação?
- A que você compararia a "velha esponja"?

3. O grão de mostarda

"Outra parábola lhes propôs, dizendo: O Reino dos céus é semelhante a um grão de mostarda que um homem, pegando dele, semeou no seu campo; o qual é realmente a menor de todas as sementes; mas, crescendo, é a maior das plantas e faz-se uma árvore, de sorte que vêm as aves do céu e se aninham nos seus ramos" (Mt 13.31,32).

O porquê da parábola: Jesus continua falando sobre os segredos do solo, sementes e crescimento de plantas. Ele queria mostrar que devemos valorizar também as pequeninas sementes ou pessoas.

Princípio moral: Valorizar as pequeninas coisas é um dos maiores segredos da vida do homem. No mundo dos valores, às vezes super valorizamos os grandes empreendimentos e desprezamos os menores. As coisas pequenas quando crescem demais, assustam e confundem os homens; principalmente quando chama à atenção dos homens poderosos.

Princípio espiritual: Na parábola, Jesus queria dizer que o Reino de Deus é aparentemente tão pequeno — semente de mostarda — mas é capaz de crescer tanto — grandes árvores — que multidões — as aves — vêm se abrigar nos seus galhos. O perigo é que, geralmente, alguns apreciadores se colocam nos galhos tentando adulterar a pureza doutrinária do evangelho a fim de provocar desordem e tentar desviar os corações dos fiéis. Essas pessoas não querem abrir o coração para a Palavra e obedecer. Elas se tornaram galhos que germinam confusão e provocam divisões, só querem desfrutar dos benefícios que Deus oferece à sua Igreja. Mas existem também aquelas pessoas que, quando se abrigam nos galhos, estão realmente em busca de refúgio, repouso e bênção, esses são os servos fiéis, responsáveis pela semeadura que, conseqüentemente, contribui para o surgimento de novas comunidades evangélicas.

Discussão em grupo

- Analise o início da Igreja e o seu grande desenvolvimento, desde o seu pequenino começo até a notável posição que veio ocupar no mundo.
- Como você vê o rápido crescimento da Igreja?
- De acordo com a aplicação da parábola, qual a sua tarefa, enquanto está nos "galhos dessa árvore"?

Dinâmica - Sonhos

Objetivo: Proporcionar troca de sentimentos em relação as suas expectativas futuras.

Material: O material da dinâmica pode ser um pouco de sementes de mostarda.

Procedimento: Antes de começar, o líder fará a leitura do texto, dizendo que cada pessoa irá refletir sobre o tamanho de seu sonho.

Distribua a sementinha de mostarda. Quando todos estiverem com a sementinha nas mãos, peça que falem alternadamente sobre os sonhos pessoais e alvos profissionais.

Aproveite para falar dos sonhos e desafios que vai enfrentar até que o seu sonho se torne uma grande árvore. O importante é projetar os grandes desafios com a pequena semente da fé.

Aplicação prática:

- Você tem conseguido, na sua vida profissional, colher o que semeou?
- Seu investimento pessoal foi plantado com fé ou com uma grande dose de emoção?
- Quem poderá vir apreciar e se alojar nos galhos de sua grande árvore?
- Você concorda com o provérbio: "Os grandes perfumes estão nos pequeninos frascos"?

Texto para reflexão

O melhor presente

Numa pequena cidade morava um fazendeiro muito rico. Ele fazia questão de organizar grandes festas para mostrar todo o seu patrimônio. A cada ano, estava mais rico. Sua filha caçula via tudo aquilo e não conseguia ser feliz, mesmo recebendo os mais ricos presentes.

Um dia resolveu comemorar o aniversário da jovem de forma diferente; disse a todos os convidados que quem conseguisse oferecer um presente que provocasse sorrisos e alegria, ele iria dar um grande prêmio. A festa foi marcada, todos os convidados compraram os mais lindos presentes e começaram a homenageá-la. A criatividade e beleza dos pacotes deixavam uma grande expectativa no ambiente. Todos não tiravam os olhos da homenageada, quando cada presente era desembrulhado. Quanto mais presentes recebia, mais apresentava um semblante triste e amargurado. O rei estava prestes a despedir os convidados, pois nada conseguia alegrar a jovem. Só restava um convidado. De repente entra a filha de um lenhador, ela não trazia nada em suas mãos, por isso foi tratada com rispidez pelos introdutores, porém, ela afirmava que tinha um grande presente. Todos esperavam que alguém fosse chegar com o embrulho, por isso, deixaram a menina se dirigir ao grande salão. Ao entrar, ela foi logo sorrindo, sorrindo que não parava mais.

A princípio, houve um mal-estar no ambiente, mas a pequenina continuava sorrindo e foi logo abraçando a jovem de forma carinhosa e sorrindo sem parar. A jovem correspondeu com um leve sorriso. Não demorou muito para acompanhar a menina com verdadeiras gargalhadas. Os convidados também já não conseguiam parar de rir. A jovem começou e não parou mais.

Aquela menina jamais foi esquecida, seu gesto pequeno foi o maior de todos os presentes.

Para pensar: É incrível, mas o maior gesto foi a natureza quem nos deu, nada supera um bom sorriso.

Respondendo francamente:

- Você concorda que um sorriso vale mais que mil palavras?
- O sorriso é o alimento da alma?
- No texto acima, comenta-se sobre o pequeno gesto que contagiou ricos e pobres. O sorriso pode ser uma estratégia de evangelismo?

"O coração alegre aformoseia o rosto, pela dor do coração, o espírito se abate" (Pv 15.13).

4. A semente

"E dizia: O Reino de Deus é assim como se um homem lançasse semente à terra, e dormisse, e se levantasse de noite ou de dia, e a semente brotasse e crescesse, não sabendo ele como.

Porque a terra por si mesma frutifica; primeiro, a erva, depois, a espiga, e, por último, o grão cheio na espiga.

E, quando já o fruto se mostra, mete-lhe logo a foice, porque está chegada a ceifa" (Mc 4.26-29).

O porquê da parábola: Jesus continua comparando os homens com as plantas, em especial nesta parábola, com o crescimento, frutificação e o período da ceifa da árvore.

Jesus queria ensinar aos homens que a vida tem as suas fases e tempos que precisam ser respeitados.

Princípio moral: A vida tem o seu próprio ciclo natural. O homem deve se mirar nele.

O homem é um indivíduo de ordem diferente e superior, dotado de uma natureza racional e da faculdade de livre-arbítrio. Seus atos humanos vão indicar o tipo de homem que será; se cumprir seus deveres para com a sociedade e para com Deus, ele será uma árvore de excelente qualidade. O cuidado com sua alma e corpo irão fazer dele um cidadão completo, quando conjugado com a instrução, educação e cultura; assim poderá crescer de forma saudável, transmitindo tudo às pessoas ao seu redor e sendo útil à sociedade e ao próximo. Todo homem que passa por esse processo social adquire admiração e respeito da comunidade; esse com certeza frutifica.

Princípio espiritual: Tal como a árvore, o homem precisa de alimento, água e gases do ar atmosférico no seu organismo. Na vida espiritual, a relação é a mesma: o crente precisa se alimentar da Palavra de Deus, estar cheio do Espírito Santo, como uma fonte viva, e viver na presença de Deus. Se houver falhas num desses processos, pode haver desequilíbrio espiritual.

Discussão em grupo

- Jesus, na parábola, comparou o homem com uma árvore. Você tem frutificado a ponto de sua colheita ser abundante?
- Já foi "podado" em algum empreendimento humano? Como se sentiu?
- Qual a fase de desenvolvimento da árvore que mais admira? Por quê?

Dinâmica - O ciclo da vida

Objetivo: Proporcionar a auto-avaliação das diversas fases espirituais, despertando para redirecionar novas etapas.

Material: Diversas partes da planta: raiz, caule, folhas, flores e frutos.

Procedimento: Previamente, o líder deverá iniciar, lendo o texto da parábola. O professor, pede que sejam organizados cinco grupos para que recebam os envelopes e comentem sobre as respectivas fases da planta, desde a germinação até o fruto maduro. Após o comentário das fases da planta, o grupo deve compará-las com as diversas fases de desenvolvimento e amadurecimento do ser humano.

1º Envelope: um pedaço de raiz.
2º Envelope: uma sementinha de trigo.
3º Envelope: uma muda pequena em crescimento.
4º Envelope: um galho florescendo.
5º Envelope: um galho cheio de trigo maduro.

Obs: Se não encontrar o trigo pode substituir por outra planta.

Os grupos devem falar sobre a contribuição dos elementos da natureza: o sol, o vento, as chuvas, a noite, o dia, enfim, comente como esses fenômenos são importantes para o crescimento da planta.

Para encerrar, fale que Jesus desejava esclarecer que todos os homens no Reino de Deus precisam passar pelo mesmo processo de crescimento espiritual, tal como as plantas. O resultado final será a frutificação abundante, isto é, se cumprir todas as etapas de desenvolvimento, tendo Deus como o Sol da justiça, o Espírito Santo como o vento que vai conduzir os passos do homem de um lugar a outro, e a Palavra de Deus como água viva alimentando sua alma, até amadurecer e ser recolhido ao lar eterno.

Texto para reflexão

Sementinha

Faltavam poucas sementes na sacola do semeador. Eu era a última semente e esperava a minha vez. Meu dia chegara. O vento soprava calmo, me convidando para partir. De repente, um pé de vento me chutou para a terra — eu vim caindo, rodopiando até cair numa terra escura. Que pavor! Comecei a gritar desesperada, esperando que alguém me ouvisse e me tirasse daquela escuridão. Ninguém me ouviu, o calor era insuportável, sentia sede, estava quase desmaiada e cega embaixo da terra. Por alguns dias não compreendi, mas logo descobri que não estava sozinha.

Esse novo lar era complicado. Por todos os lados, viam-se seres trabalhando, uns abriam caminhos para as gotículas de água caminharem, outros amarravam os fios compridos de árvores para evitar abertura no solo. Enfim, todos trabalhavam em silêncio, mas com muita determinação. Era um movimento constante, comecei a admirar aqueles trabalhadores da escuridão. Ali eu tinha ar, água e tudo que necessitava.

Eu já estava gostando daquele movimento cadenciado nas cavernas da terra. Porém, depois de alguns dias, houve uma verdadeira explosão dentro de mim. Gritei: -Vou morrer! Socorro! Mas de repente a claridade voltou, estava novamente vendo o brilho intenso do sol. Que alegria, agora possuía um bercinho ao meu redor. Ouvia todos olhando para mim com alegria e dizendo: a sementinha brotou! Ela vai ser uma linda árvore!

Respondendo francamente:

- A planta, até chegar a ser uma grande árvore possui várias fases. Como você enfrenta as fases escuras de sua vida?
- Como você poderia comparar o dia do nascimento dessa pequena árvore com o novo nascimento de uma pessoa que aceita a Cristo?
- Como você poderia ajudar um recém-convertido?
- Você adotaria espiritualmente um novo convertido até se tornar uma árvore frutífera?
- Como tem sido a fase atual de sua vida? Já está produzindo sementes?

5. Os dez servos e as dez minas

"E, ouvindo eles essas coisas, ele prosseguiu e contou uma parábola, porquanto estava perto de Jerusalém, e cuidavam que logo se havia de manifestar o Reino de Deus.

Disse, pois: Certo homem nobre partiu para uma terra remota, a fim de tomar para si um reino e voltar depois.

E, chamando dez servos seus, deu-lhes dez minas e disse-lhes: Negociai até que eu venha.

Mas os seus concidadãos aborreciam-no e mandaram após ele embaixadores, dizendo: Não queremos que este reine sobre nós.

E aconteceu que, voltando ele, depois de ter tomado o reino, disse que lhe chamassem aqueles servos a quem tinha dado o dinheiro, para saber o que cada um tinha ganhado, negociando.

E veio o primeiro dizendo: Senhor, a tua mina rendeu dez minas.

E ele lhe disse: Bem está, servo bom, porque no mínimo foste fiel, sobre dez cidades terás a autoridade.

E veio o segundo, dizendo: Senhor, a tua mina rendeu cinco minas.

E a este disse também: Sê tu também sobre cinco cidades.

E veio outro, dizendo: Senhor, aqui está a tua mina, que guardei num lenço, porque tive medo de ti, que és homem rigoroso, que tomas o que não puseste e segas o que não semeaste.

Porém ele lhe disse: Mau servo, pela tua boca te julgarei; sabias que eu sou homem rigoroso, que tomo o que não pus e sego o que não semeei.

Por que não puseste, pois, o meu dinheiro no banco, para que eu, vindo, o exigisse com os juros?

E disse aos que estavam com ele: Tirai-lhe a mina e dai-a ao que tem dez minas.

E disseram-lhe eles: Senhor, ele tem dez minas.

Pois eu vos digo que a qualquer que tiver ser-lhe-á dado, mas ao que não tiver até o que tem lhe será tirado.

E, quanto àqueles meus inimigos que não quiseram que eu reinasse sobre eles, trazei-os aqui e matai-os diante de mim" (Lc 19.11-27).

O porquê da parábola: Jesus anunciou a parábola quando estava perto de Jerusalém e havia de manifestar o Reino de Deus. Jesus queria que os seus discípulos entendessem que Ele entregou certas responsabilidades a seus servos e haveria um dia de ajuste de contas. Também, sobre a hostilidade sofrida pelos seus compatriotas, seria feita justiça com a destruição da cidade de Jerusalém.

Princípio moral: Na vida em sociedade, há distribuições de tarefa, compromisso, responsabilidade, cobrança e retribuições pelo esforço. A falta desses requisitos debilita o homem e tira as energias para o trabalho. Os três homens da parábola foram avaliados de acordo com toda a capacidade para negociar. A estratégia eficiente para investir seria corrigir, aperfeiçoar as técnicas de investimento, além de suportar os desafios, sem fugir como um covarde e medroso, transpondo os obstáculos e conquistando alvos; dando o melhor de si próprio.

Princípio espiritual: Dedicação e compromisso são requisitos fundamentais para os escolhidos de Deus realizarem qualquer missão, principalmente se tiverem uma atitude firme e forem autodisciplinados. Não vivendo a reclamar por excesso de dificuldades, fazendo o máximo possível para suprir certas falhas, usando toda a engenhosidade, sendo leal ao mesmo tempo, procurando sempre lutar para conseguir a execução da tarefa exigida, a fim de obter o objetivo desejado; o servo que age dessa maneira vai conseguir multiplicar qualquer bem colocado em suas mãos, como fizeram os dois servos da parábola.

Discussão em grupo

- Se você estivesse na posição do servo que recebeu a mina, qual seria sua estratégia de investimento?
- Como você poderia ajudar o servo que encontrou dificuldade para realizar seu investimento?
- O medo justifica a atitude do servo negligente?
- Qual a sua opinião sobre a rejeição dos governantes?
- E quando essa rejeição é em relação ao próprio Deus?
- Dê sua opinião sobre o tão grande lucro do primeiro servo. O seu sucesso em dobrar o valor da mina em nove vezes poderia ser comparado ao homem que possui em sua vida o fruto do Espírito? 1) Caridade; 2) gozo; 3) Paz; 4) Longanimidade; 5) Benignidade; 6) Bondade; 7) Fé; 8) Mansidão; 9) Temperança (Gl 5.22).
- Se fosse você, que investimento faria com esse fruto?

Dinâmica - Investimento

Objetivo: Analisar as fases da Igreja e o serviço dos irmãos dedicados na expansão do Reino de Deus.

Material: Folhas para o grupo desenhar uma igreja e lápis.

Procedimento: Leia o texto e divida a turma em três grupos. Distribua o material para que um representante de cada grupo desenhe uma igreja que tome a metade da folha. Deixe a outra metade para o grupo escrever as questões do debate.

Em primeiro lugar, diga que várias lições podem ser tiradas da parábola. Uma delas é avaliar o investimento dos servos da parábola diante do compromisso da expansão do evangelho do Reino em nossos dias.

Questões para debate:

1º grupo: Avaliar o rendimento lucrativo do primeiro servo, pois recebeu uma mina e devolveu dez. A tarefa é fazer uma comparação do seu investimento em relação ao crescimento da Igreja Primitiva e o serviço de seus líderes. Eles não mediam esforços para evangelizar e discipular. Sua colheita de almas foi abundante, mesmo enfrentando oposição dos compatriotas.

Ao terminar, o grupo fará um relatório sobre as principais qualificações da Igreja Primitiva.

2º grupo: Avaliar e também comparar os rendimentos do segundo servo que também apresentou um grande lucro no seu investimento inicial, pois recebeu uma mina e devolveu cinco. Compare o investimento da igreja dos séculos seguintes até o século XIX. Estes também sofreram como mártires, mas realizaram a tarefa de expansão da igreja não se importando com suas próprias vidas.

Ao terminar, o grupo escreverá uma frase bem original em homenagem aos mártires que investiram a semente do Reino com suas vidas.

3º grupo: Comparar a atitude dos servos preguiçosos e medrosos com a atitude de alguns crentes e líderes de nosso tempo. Geralmente, são pessoas individualistas e sem compromisso com a evangelização e discipulado.

Ao terminar, o grupo escreverá uma estratégia de evangelização e discipulado para uma comunidade que não conhece a Cristo.

Para pensar: "A semente do evangelho ainda está em nossas mãos; é hora de investir".

Discussão em grupo

- Para que serviu a dinâmica?
- Qual a sua proposta para expansão do evangelho de Jesus?
- Que frase escreveria para um líder da Igreja Primitiva?
- Que frase escreveria para um crente que deseja investir sua vida na obra de Deus?
- Que frase escreveria para o departamento de evangelismo?

Texto para reflexão

Os vasos

Na rua mais movimentada da cidade existia uma fábrica de vasos. Ali as pessoas encontravam os mais variados modelos. O movimento era tão intenso, que a loja da fábrica nunca ficava vazia. Os funcionários não tinham descanso.

Um dia, o dono da fábrica precisou se ausentar, precisava assumir a presidência da empresa do pai e voltar depois, já que também estava havendo uma forte resistência à sua pessoa na cidade.

Ele achou melhor fechar a loja e distribuir seus bens para investimento, dessa forma queria também testar a capacidade empresarial de seus empregados. Chamou os funcionários mais antigos e distribuiu entre eles os vasos da loja e partiu.

O primeiro arrumou logo um meio de vender os vasos, organizando exposições. Sua responsabilidade era tão grande que não se afastava das preciosidades; quanto mais vendia, mais procurava colocar em prática as novas estratégias para chamar a atenção dos fregueses, com isso, estava aumentando o patrimônio de seu patrão de forma surpreendente. O segundo resolveu viajar para outro bairro com os bens do patrão, assim não haveria um concorrente tão forte quanto o seu amigo de serviço. É claro que teve alguns gastos com a viagem e investimentos para melhorar o negócio, mas estava conseguindo tirar um bom lucro com os vasos. O terceiro, por mais que pensasse não conseguia arrumar nenhuma estratégia para investir, não conseguia esquecer o semblante firme do patrão, quando entregou os vasos para ele dizendo: Faça o seu investimento da melhor forma possível! Essa palavra gerou no seu interior um medo e um grande bloqueio até para pensar. Então teve a idéia de esconder os vasos para que não fosse roubado, assim no retorno do patrão, não haveria problemas. Assim sendo, cavou um grande buraco e lá colocou toda a riqueza do patrão. Feito isso, voltou às suas atividades normais.

O tempo passou e todos estavam ansiosos para o retorno do patrão, mas quando o preguiçoso e medroso ouviu dizer que seu senhor chegara, não parou de tremer. Todos procuravam acalmá-lo, mas ele estava muito nervoso.

O patrão convocou uma reunião para o ajuste de contas.

O primeiro chamado entrou sorridente no escritório do patrão e apresentou o relatório de vendas que o impressionou. Ele conseguiu aumentar abundantemente a quantidade do valor recebido.

O segundo também voltou de sua viagem e entregou o seu investimento com alegria, pois conseguira um lucro bem considerável.

O terceiro foi chamado, mas não sabia o que falar. Achou melhor chamar a atenção do patrão, falando sobre o grande medo de desagradar-lhe, por isso, foi impedido de investir. Então devolveu os vasos ao patrão ainda todos sujos de terra, pois com o nervosismo, até esqueceu de limpar as peças.

O patrão pediu que tomassem tudo que estava em seu poder e dessem como prêmio ao que melhor investiu no seu patrimônio. A seguir, despediu aquele empregado negligente e preguiçoso.

Respondendo francamente:

O trabalho é um dever social, todos os homens têm a obrigação de trabalhar numa atividade qualquer. Essa obrigação social já é bem antiga. No texto acima, o terceiro empregado achou melhor esconder a sua ferramenta de trabalho que poderia trazer algum lucro e até mesmo evitar o seu desligamento com aquela conceituada fábrica.

Dê a sua opinião sincera:

- Qual dos três devedores se parece com você?
- Trace o perfil da sua identidade.
- Se fosse você, qual a estratégia que usaria para investir os bens da fábrica?
- O que escreveria para uma pessoa medrosa e preguiçosa?
- Na casa de Deus, o Senhor conta com grandes e pequenos, importantes ou humildes. Todos podem ajudar a expandir o Reino de Deus. No texto acima, o patrão deu condições para todos trabalharem. Deus também capacitou a todos para fazer algo. Como você tem contribuído para a expansão do Reino?

6. O tesouro escondido

"Também o Reino dos céus é semelhante a um tesouro escondido num campo que um homem achou e escondeu; e, pelo gozo dele, vai, vende tudo quanto tem e compra aquele campo" (Mt 13.44).

O porquê da parábola: Porque Jesus queria que os discípulos soubessem do grande valor do evangelho.

Princípio moral: A posse de propriedade faz parte da relação de predomínio do homem sobre as coisas. A propriedade é uma garantia de liberdade, pois serve de estímulo para o desenvolvimento mais completo e harmonioso da pessoa, levando-a a sentir o valor das coisas e esforçar-se para adquiri-las e conservá-las. No caso da parábola, o homem tinha o direito de adquirir o bem, mediante o pagamento garantido por lei, basta que tivesse meios concretos que lhe tornassem possível obtê-lo. Quem encontrasse um tesouro em um campo não podia apossar-se dele, sem comprar o terreno.

A propriedade iria estimular o comprador a valorizar suas possibilidades de criar riquezas, ela apresenta duas funções: 1ª - pessoal, de promoção do homem; 2ª - social, de serviço à comunidade. Na parábola, a posse do campo seria para gerar alegria pela aquisição do imóvel e também para partilhar com os vizinhos os benefícios do tesouro.

Princípio espiritual: A parábola ilustra a descoberta do Reino. Realmente existe um grande tesouro neste mundo, a saber, Cristo, a sua mensagem e o Reino no qual ele governa. Muitos mártires trocaram suas vidas para adquirir este tesouro de grande valor: "E, desde os dias de João Batista até agora, se faz violência ao Reino dos céus, e pela força se apoderam dele" (Mt 11.12).

Discussão em grupo

- A renúncia pela causa de Cristo é bem compreendida pelas pessoas que não tem uma experiência de salvação?
- Você está disposto a renunciar um bem precioso para ficar com o tesouro divino?
- A alegria verdadeira só tem quem acha a Jesus, o grande Tesouro?

Dinâmica - Encontrando o tesouro

Objetivo: Possibilitar uma reflexão sobre as melhores escolhas.
Material: Figuras de bens materiais e fita adesiva.
Procedimento: O grupo deve estar sentado em círculo ou em forma de auditório. A dinâmica começa com a leitura do texto bíblico sobre aquisição de bens materiais:

"Na verdade, todo o homem anda como uma sombra; na verdade, em vão se inquietam; amontoam riquezas, e não sabem quem as levará. Agora, pois, Senhor, que espero eu? A minha esperança está em ti" (Sl 39.6). Depois da leitura do versículo, peça que os participantes procurem debaixo de suas cadeiras, ou dos bancos, visuais colados de conquistas tecnológicas e riquezas de várias categorias: bens preciosos, imóveis, equipamentos eletrônicos, peças de vestuário em geral. Uma vez que tiverem encontrado as figuras, cada um deve comentar o valor do bem para sua vida.

Aplicação prática: Cada pessoa tem responsabilidade de expandir a mensagem salvadora. Pergunta-se:

- O que você está disposto a renunciar para adquirir um grande tesouro espiritual?
- Quais as suas expectativas em relação a este tesouro?
- Você já trocou algo de grande valor para ficar com Jesus?

Texto para reflexão

O paraíso

Uma cidade no interior do estado era bem conhecida pela sua beleza natural e cultivo de flores. Muitos abandonaram suas casas nos grandes centros urbanos para se estabelecerem naquele paraíso tropical. O preço dos imóveis servia de impedimento para as pessoas mais humildes. A única terra desprezada ficava perto de um pântano, fazendo com que os moradores da cidade olhassem para aquela região escura com desdém.

Um homem da cidade vizinha resolveu investigar aquela terra unida e escura. Começou a notar que a lama era um pouco gordurosa. Ele tirou amostras do terreno e mandou para um laboratório de pesquisas. Depois de meses, recebeu o resultado, tratava-se de um valioso óleo combustível. Ele reconheceu que estava diante de uma preciosidade, sua alegria foi imensa, pois se tratava de uma terra valiosíssima.

Então foi procurar o dono daquela região desprezível para adquirir o terreno, vendeu todos os seus bens e adquiriu aquelas terras. Sua atitude foi bastante criticada pelos moradores e parentes, mas se estabeleceu ali com sua família. Quando estava perfeitamente alojado ali, seu segredo foi revelado para uma grande companhia que começou a explorar as suas terras. Isso causou espanto em todos os moradores, era tarde demais para todos. Aquela terra era dele. Desde então, ele se tornou um homem rico.

Respondendo francamente:
- Você costuma julgar as coisas pela aparência?
- Compare a beleza das flores com a aparência da lama.
- Dê a sua opinião pessoal sobre a estratégia do homem ao comprar o pântano.

7. A pérola de grande valor

"Outrossim, o Reino dos céus é semelhante ao homem negociante que busca boas pérolas; e, encontrando uma pérola de grande valor, foi, vendeu tudo quanto tinha e comprou-a" (Mt 13.45,46).

O porquê da parábola: Jesus queria continuar apresentando o evangelho como um tesouro que traz muita alegria. As muitas riquezas têm pouquíssimo valor diante desse tesouro incomparável.

Princípio moral: O homem está sempre buscando melhores dádivas com objetivo de realização e satisfação pessoal. Ele não perde de vista o seu maior sonho — a busca da riqueza perfeita, aquela que preenche todas as suas expectativas. Quando esse desejo é satisfeito, ele é capaz de renunciar todos os valores pequenos para adquirir o melhor.

Princípio espiritual: A parábola é similar a do que achou um grande campo. A diferença é que o homem era exigente, queria a pérola perfeita, sua busca pela perfeição era decisiva e incessante. Talvez sua opção profissional deu-se por ser o mercado de pérolas bem cobiçado, já que as jóias mais cobiçadas no tempo de Jesus eram as esmeraldas, as safiras e outras pedras preciosas. As pérolas eram usadas para decorar as vestes dos ricos. Espiritualmente, a aplicação se faz pela mesma razão de Cristo ser a pérola perfeita e preciosa que enriquece aquele que o aceita.

Discussão em grupo

- Comente sobre a perfeição da pérola com o nome de Jesus em toda terra: "Ó Senhor, Senhor nosso, quão admirável é o teu nome sobre toda a terra" (Sl 8.9).
- Na sua opinião é fácil encontrar Jesus, a pérola de grande valor?

Dinâmica - O homem perfeito

Objetivo: Redimensionar os valores e atributos dos homens em contraste com os valores pessoais de Jesus — a Pérola perfeita.

Material: Papéis, lápis.

Procedimento: Dividir os participantes em quatro grupos. Começar falando sobre a pessoa de Cristo, lendo Isaías 9.1-7.

Os grupos irão realizar um momento bem dinâmico, no qual serão debatidos detalhes que justificam a perfeição de Jesus.

1º grupo: Comente sobre a perfeição do Mestre: seu nome, seu poder, sua autoridade. "Porque um menino nos nasceu, um filho se nos deu; e o principado está sobre os seus ombros; e o seu nome será: Maravilhoso, Conselheiro, Deus forte, Pai da eternidade, Príncipe da paz" (Is 9.6).

2º grupo: Compare a doutrina de Jesus com os partidos e movimentos que lutavam para se libertar do jugo de Roma.

Analise: Jesus, o homem perfeito, se encontrava dentro da realidade injusta e imperfeita, vendo o povo sendo desprezado pelas autoridades, explorado e oprimido pelos soldados. Como você vê, atualmente, a realidade social e política ao seu redor. Qual é a sua proposta de vida?

3º grupo: Discutir sobre a perfeita proposta de libertação trazida por Jesus.

Em Nazaré, sua cidade, Jesus apresenta o seu plano a ser executado na terra: "O Espírito do Senhor é sobre mim, pois que ele me ungiu para evangelizar os pobres, enviou-me a curar os quebrantados do coração, a apregoar liberdade aos cativos, e dar vista aos cegos; a por em liberdade os oprimidos; a anunciar o ano aceitável do Senhor" (Lc 4.18,19).

Pergunta-se:

- Todos entenderam a sua perfeita proposta de libertação?
- Jesus realizou todo o seu plano?

4º grupo: A causa da condenação e morte de Jesus está justamente no fato de agir diferente em todos os seus atos.

Condenaram Jesus porque Ele:

- Sendo homem se fez Deus. Agiu com autoridade divina;
- Contestou a ordem social e exploração, opressão e marginalização;
- Destruiu a ideologia do sistema de dominação;
- Exerceu o poder — serviço.

Pergunta-se:

O ministério de Jesus não teve imperfeição, tal como a pérola da parábola. Deus agiu na história da raça humana com perfeição. Qual a sua proposta para mudar a história dos homens imperfeitos da sua cidade, estado, país e mundo?

Texto para reflexão

O teste

A igreja local estava crescendo muito e carente de obreiros, mas sempre que o pastor convidava pessoas para ajudá-lo, a decepção era grande. O convidado aprontava uma série de problemas, não entendia a visão do pastor. Já cansado de tantos problemas, resolveu investir na carreira ministerial de alguns irmãos simples que sempre trabalhavam nas construções de suas congregações locais, principalmente pela dedicação e bons serviços prestados durante anos. Resolveu aplicar um teste prático enquanto estavam construindo a parede de uma igreja, assim sua avaliação não iria assustar os irmãos. Então pediu que um estranho perguntasse o que eles estavam fazendo.

Respondeu o primeiro irmão: "Estou levantando esta parede".

Disse o segundo: "Estou fazendo um grande prédio".

Mas o terceiro, com um largo gesto, cheio de entusiasmo, exclamou: "Estou construindo um espaço para reunir a igreja do Deus vivo".

O pastor ouviu as respostas e convidou o terceiro irmão para estar ao seu lado. Ele foi considerado o melhor obreiro, em termos de visão.

Respondendo francamente:

- Deus está à procura de homens que tenham uma visão perfeita de sua obra. Comente as respostas dos três irmãos.
- Qual apresentou a visão mais perfeita para a construção? Por quê?

8. A rede de pesca

"Igualmente, o Reino dos céus é semelhante a uma rede lançada ao mar e que apanha toda qualidade de peixes.

E, estando cheia, a puxam para a praia e, assentando-se, apanham para os cestos os bons; os ruins, porém, lançam fora.

Assim será na consumação dos séculos: virão os anjos e separarão os maus dentre os justos. E lançá-los-ão na fornalha de fogo, ali, haverá pranto e ranger de dentes" (Mt 13.47-50).

O porquê da parábola: Jesus continua comentando, através das parábolas, sobre a grande quantidade de pessoas que eram atraídas pelo evangelho, mas sem preencherem as qualificações e virtudes espirituais.

Princípio moral: A parábola ilustra, através dos peixes bons e ruins, a identidade natural das pessoas que existem no mundo; sempre haverá pessoas boas e más. Só quem pode mudar a natureza carnal e pecadora do homem é Deus. As falhas de caráter são danosas, tanto para o indivíduo que as apresenta, como para a sociedade, que sofre suas conseqüências. Se Deus não intervir para transformar suas atitudes, todos perecerão na areia diante dos olhos dos homens.

Princípio espiritual: Deus transforma a natureza ruim e pecadora dos homens e convida-os, através do amor e misericórdia, a pescar outros para o seu Reino. Enquanto o homem está na rede, há esperança de mudança, ele tem a oportunidade de entregar a sua vida para Deus consertar. Durante o convívio entre os irmãos, uma rigorosa observância da doutrina bíblica deve ser ensinada e praticada.

Na rede, todo homem precisa passar pelas mãos do Salvador, para retirar a aparência de pecador e tornar-se um filho amado de Deus. Quando chega o momento do peixe ser retirado da rede, acontece uma seleção rigorosa, Deus ordena aos anjos que selecionem os bons e os ruins. Os bons vão para o cesto de Deus, os ruins serão lançados no fogo.

Discussão em grupo

- Qual a real situação da rede onde você está?
- Como tem sido o seu comportamento dentro da rede?
- Trace o perfil dos peixes que já foram consertados por Deus e daqueles que não permitem que sejam tratados.

Dinâmica - Pescaria

Objetivo: Construir o retrato da identidade das pessoas sem Cristo, pois umas ainda são dominadas pelo mal e outras já foram libertas de suas maldades por Cristo.

Material: Linhas de tricô de várias cores, uma caixa com pó de serra, anzol para pescar, peixinhos com semblantes diferentes: alegre, triste, cansado, com raiva, com preguiça, com malícia, chorando, com fúria, cheio de maldade, com medo, tímido, invejoso, ciumento, agressivo, desinteressado, com vício. Os peixes devem estar dentro da caixa com o pó de serra, escrito atrás o tipo de temperamento que está expressando.

Procedimento: O líder prepara todo o material com antecedência. Antes de iniciar, faz-se a leitura da parábola e começa-se a pescaria. Oriente que cada pessoa deverá pescar um peixinho e entregar ao seu companheiro. Ninguém vai pescar para si. Quando todos tiverem pescado e recebido o seu peixe, os participantes devem fechar os seus olhos para refletir como podem ajudar o seu "peixinho ruim" a mudar de identidade ou se já for "bom peixe", como espalhar a sua bondade aos outros. Quando todos tiverem suas respostas, solicite que cada um apresente o seu peixinho e diga como pode ajudar na recuperação ou enriquecimento.

A segunda parte da dinâmica acontece quando o líder entregar as linhas coloridas para que façam uma grande rede para fixar os peixinhos. A rede vai simbolizar, através das cores, as diversas características que existem no grupo, onde todos formam uma grande rede de proteção temporária, pois no momento estabelecido a seleção será feita com rigor.

Aplicação prática:

- Para que serviu a dinâmica?
- O que você pretende praticar ao sair da reunião?
- O lugar mais seguro para o crente é na rede do pescador. Você já

se sentiu na rede, mas abandonado, sozinho, mesmo que esteja cheio de gente ao seu redor?

- A rede simboliza a Igreja. Como você se sente dentro deste refúgio temporário?

Texto para reflexão

A praia encantada

Um pescador chegou numa terra diferente; ali as pessoas não se afastavam da praia, todos viviam envergados garimpando, parecia que aquele era um lugar maravilhoso, pois o fundo do mar estava repleto de todos os tesouros mais valiosos: coroas de brilhante, pulseiras, escudos, anéis sem conta, colares de pérola, pedras preciosas em variedade surpreendente. Tudo era muito belo.

O único problema é que aquelas águas tinham um produto natural que deixava a riqueza com um limo transparente que tornava praticamente impossível segurar qualquer objeto. As pessoas passavam horas tentando, mas nada conseguiam.

O pescador ficou admirado com tudo aquilo. Ele resolveu tentar, pois queria voltar levando uma lembrancinha daquela terra. Ao colocar as mãos nas águas, não conseguiu nada. As riquezas eram tão encantadoras que estava disposto a permanecer ali até o fim. Entardecia e ele já estava ficando cansado, mas cada vez que olhava o brilho das pedras refletido através do sol, continuava. Quando fez mais uma tentativa, surgiu em suas mãos uma grande estrela azul pontiaguda. Ele não sabia o que fazer, não podia devolver a estrela preciosa ao mar, pois esta entrou na sua carne, e o sangue jorrava de seu polegar.

Foi saindo devagarinho das águas, carregando o achado com todo cuidado, pois qualquer movimento errado poderia causar mais danos em suas mãos. Pensava que ia desfalecer, pois já não conseguia andar de tanta dor. O sangue ia marcando a areia. Antes de chegar a um lugar seguro, encontrou um estranho que exclamou: "Chegou a sua vez de ser fisgado pela estrela, como um peixe é fisgado pelo anzol. Ela salvou a sua vida, caso contrário as riquezas encantadas teriam feito você perecer na areia". O homem desconhecido devolveu a estrela às águas que marcou a mão do pescador, mas também o salvou. Naquele dia, ao entardecer, muitos corpos tombaram na areia, aquelas pobres criaturas passaram dias seguidos envergadas, tentando enriquecer e nada conseguiam, a não ser a morte. A partir de então, ele resolveu viver na ilha tentando salvar os garimpeiros encantados pelos bens efêmeros, oferecendo suas mãos para arrancá-los das águas enfeitiçadas.

Respondendo francamente:

- Como você analisa a caça aos tesouros da praia encantada?
- Compare o momento em que o anzol entra pela boca de um peixe com o momento em que o pescador foi fisgado pela estrela.
- Você concorda que a dor e o sofrimento são formas de punição e mudança de hábito?
- Qual a sua opinião pela busca desenfreada das riquezas passageiras?

9. O fermento

"Outra parábola lhes disse: O Reino dos céus é semelhante ao fermento que uma mulher toma e introduz em três medidas de farinha, até que tudo esteja levedado" (Mt 13.33).

O porquê da parábola: Jesus continuava explicando aos ouvintes como tudo funcionava no seu Reino. Ele não estava usando o fermento como um agente de maldade, o propósito da parábola era ilustrar o desenvolvimento do Reino. A parábola do grão de mostarda ilustra que esse crescimento é observado pelos espectadores (as aves); a do fermento, o crescimento é visto pelo lado de dentro, como poder penetrante que atinge o corpo, a alma e o espírito; e a parábola da semente (Mc 4.26-29) ilustra o crescimento inconsciente, que não é encorajado nem observado pelo homem.

Princípio moral: A mistura de elementos é comum no mundo. A parábola é clara quando apresenta uma mulher fazendo um alimento, misturando gêneros alimentícios diversos. No texto só é indicado dois tipos, mas é claro que outros elementos foram introduzidos na massa que a mulher começava a fazer.

Podemos entender que o homem vive alimentando sua vida com aquilo que escolhe segundo o seu valor moral, espiritual e material. Sua opção em fazer o alimento que vai atingir as dimensões do corpo, da alma e do espírito precisa ser realizada com muito cuidado, pois se o alimento for bem selecionado, vai lhe dar saúde física; tendo atitudes puras e sinceras, ele vai lhe favorecer um caráter nobre; procurando viver em comunhão com Deus e com próximo, ele lhe proporcionará garantia de muitos dias felizes sobre a terra: "Se quiserdes, e ouvirdes, comereis do bem desta terra" (Is 1.19).

Princípio espiritual: Muitas alegorias surgiram em torno desta parábola, mas nós entendemos que a interpretação diz respeito a maneira como o evangelho penetra na mente, no corpo, atingindo seus gestos e ações, provocando a santificação exterior e interior, quando o homem passa a conhecer a Deus, tornando-se um templo perfeito para Deus habitar. Em sua direção, muitos virão para alimentar-se da Palavra, a mensagem irá saciar o coração sedento.

Discussão em grupo

- Quais as dificuldades que o homem encontra para fazer o pão de cada dia?
- Como tem sido o alimento daqueles que não conhecem a Deus?
- Quais os sinais de enfermidade espiritual que podemos diagnosticar?
- O seu alimento espiritual tem sido satisfatório para alcançar sua alma, corpo e espírito?

Dinâmica - O pão

Objetivo: Verificar as diferentes percepções diante de um mesmo alimento.

Material: Pedacinhos de pão dentro de saquinhos. Cada pão deve ter um sabor e característica diferente. Um bem salgado, outro com pouco sal, um caseiro, um sem fermento, outro industrializado, um pão doce de padaria, enfim, varie bastante os tipos de pães.

Procedimento: Distribua aleatoriamente os saquinhos com os pedacinhos de pão bem fechados. Solicite que cada um sugira o que imagina encontrar num momento de muita fome. Solicitar que abram os saquinhos e expressem para o grupo a sua expectativa diante do alimento.

Aplicação prática:

- Qual é a expectativa de quem faz o alimento?
- O pão é um dos alimentos mais antigos, mais simples e também um dos mais completos. Como você vê as novidades alimentícias que as grandes indústrias tem oferecido? São alimentos saudáveis?
- Qual a sua opinião sobre a mistura de produtos químicos? Está havendo um desleixo em relação à qualidade alimentar?
- Na vida moral, o que acontece quando alguém ultrapassa limites, ou melhor, passa das medidas?
- Segundo os ensinamentos de Cristo, temos que pedir "o pão nosso de cada dia". Você tem exigido mais que o pão diário?

Texto para reflexão

A viúva e os corvos

Uma mulher rica vivia numa casa bem afastada da cidade. Ali ela passava o dia com os corvos. Desde que seu esposo faleceu, ela vivia triste numa cadeira de balanço. Certo dia observou que todas as vezes que sentava-se para tomar o café matinal, um dos corvos arrancava o pão de suas mãos. Quantas vezes tinha que pegar outro pedaço. A brincadeira dos pássaros começou a dar um novo ânimo para ela. Um dia, enquanto os corvos carregavam o seu pão, ela teve uma idéia de fazer muitos pães e colocá-los numa cesta, então iria ver o que aconteceria. Ela acordou no outro dia bem cedo e começou a misturar a farinha e fazer os pães. O sol já brilhava, quando arrumou os pedaços na cesta e levou tudo para a mesa do jardim. Não demorou muito e os corvos começaram a chegar; eles, a princípio, ficaram de longe até que o primeiro fez o seu vôo e pegou um pedaço, sumindo entre as árvores. Os outros fizeram o mesmo. Não demorou muito para os pães desaparecerem do cesto.

No outro dia, ela aumentou a quantidade. Tudo aconteceu da mesma forma, só que demorou um maior tempo para o último pedaço desaparecer. Com isso, ela já não reclamava mais da solidão, porque suas atividades eram incessantes. Estava sempre ocupada, misturando massa para os pães.

Um dia recebeu a notícia que teria que ir a cidade para renovar a documentação no armazém que fazia a entrega de suas compras, visto que agora sua despesa era bem maior que antes. Ao chegar na cidade, as pessoas sorriam e cumprimentavam-na. Quando foi atravessar o rio na balsa para voltar, as pessoas à beira do rio acenavam com as mãos. Ela ficou um pouco encabulada, mas achou aquele gesto muito simpático. Quando chegou perto das pessoas, elas começaram a agradecer pelo pão de cada dia que lhes oferecia, pois sem aquele alimento, eles teriam perecido de fome.

Respondendo francamente:
- O que você faz nas horas ociosas?
- Compare o texto acima com a passagem bíblica: "Lança o teu pão sobre as águas, porque depois de muitos dias o acharás. Reparte com sete, e ainda até com oito, porque não sabes que mal haverá sobre a terra" (Ec 11.1,2).
- Dê um exemplo pessoal de solidariedade.

10. Coisas novas e coisas velhas

"E ele disse-lhes: Por isso, todo escriba instruído acerca do Reino dos céus é semelhante a um pai de família que tira do seu tesouro coisas novas e velhas" (Mt 13.52).

O porquê da parábola: Jesus queria que todo aquele que estivesse comprometido com o ensino das Escrituras procedesse como Ele, dando a conhecer as boas novas do evangelho e também da velha dispensação dos judeus.

Princípio moral: Ao pronunciar a parábola, o mestre queria falar sobre o processo educativo, pois a educação, como sabemos, é uma palavra que corresponde tanto ao processo de educar quanto ao resultado desse processo. A educação processa-se em dois planos. No plano social, a educação é um processo contínuo e universal, por meio do qual "as gerações adultas transmitem às novas gerações o antigo patrimônio cultural do grupo", visando a preservação, a continuidade e também a renovação e ao enriquecimento dessa mesma cultura. Sem este processo, o grupo não sobreviveria, nem a cultura criaria novas formas mais ajustadas e mais perfeitas de atenderem às necessidades humanas. Jesus definiu a educação ao apresentar a parábola, dizendo que para educar com eficiência é necessário mesclar conhecimentos novos e velhos do intelecto e do coração.

Princípio espiritual: Na família de Deus os pais devem entesourar para os filhos a doutrina cristã, a fim de que a família esteja preparada para a vida presente e para enfrentar as dificuldades futuras. Para isso, o "escriba" precisa possuir competência espiritual e conhecimento do comportamento humano para poder ser objetivo e prático em suas orientações. Sabendo que são dois tipos de recursos que poderá lançar mão: "coisas velhas e novas", isto é, possuindo riqueza de recursos; tendo resposta para todos; facilidade de manter a justa medida das exigências; disponibilidade para acolher iniciativas; imaginação para encontrar solução rápida aos problemas variados.

Discussão em grupo

- Compare a posição do "escriba bem instruído" com a posição do líder nos dias atuais.
- O que você tem carregado dentro do baú do coração?

Dinâmica - Tesouros do coração

Objetivo: Criar um clima de troca de experiências individuais e conhecimento das riquezas de valores e conceitos pessoais.

Material: Corações com um envelope pequeno colado atrás, papel e lápis.

Procedimento: Comece a dinâmica, distribuindo cinco pedaços pequenos de cartolina de cores diferentes. Quando todos tiverem recebido o pedacinho, peça que cada um comece a pensar sobre seus conceitos pessoais. A seguir, todos devem escrever, em cada cor, o tesouro pessoal que guarda no coração:

- Um pensamento que faz parte de sua vida;
- Uma frase de encorajamento;
- Um texto bíblico muito especial;
- Uma lição de vida resumida em cinco palavras;
- Um conceito valoroso recebido dos pais.

Após declarar os tesouros individuais, o líder distribui os corações para que os papéis sejam colocados dentro do envelope que está atrás do coração. Então, durante três minutos os corações são passados de mão em mão até que, ao sinal do líder, todos param e começam a abrir o grande tesouro recebido do colega. Após a leitura, o coração é devolvido aos seus donos de forma calorosa e fraterna.

Aplicação prática:
- O que descobrimos através da dinâmica?
- Qual foi, para nós, o valor da experiência?
- O que descobrimos em relação aos outros?

Texto para reflexão

O baú

Um grande baú fazia parte da decoração do casarão. Todos os visitantes que chegavam, olhavam a obra de arte com admiração e diziam: "Como pode uma riqueza tão valiosa ficar exposta?" Mas o dono da casa não se importava com as opiniões. Um dia, quando todos estavam reunidos no grande salão, dois homens armados entraram; aqueles malfeitores exigiam que o baú fosse aberto. O senhor não queria fazê-lo, mas um dos homens começou a ameaçar um de seus filhos, então resolveu abrir. O espanto tomou conta de todos, pois aquele tesouro nunca tinha sido aberto diante de ninguém. Quando conseguiu destravar a fechadura, os dois malfeitores já estavam em posição de tomar tudo o que estava ali.

O baú foi aberto e, para o espanto de todos, só havia uma garrafa de água cristalina, um relógio bem antigo que trabalhava de forma tão silenciosa que os malfeitores não perceberam que estava em perfeito estado e uma Bíblia bem velha. Os ladrões empurraram o senhor e saíram decepcionados.

Quando a paz tinha retornado ao lar, o filho perguntou ao pai o que significava aquela água, o relógio e a Bíblia velha? Nós pensávamos que o senhor guardava a nossa herança neste baú. O pai explicou que aquela era a maior herança que havia recebido de seus pais e estava guardando para os filhos. A água é o bem mais antigo e precioso da terra; sem água, ninguém sobreviveria neste mundo, ela simboliza a minha vida, sempre procuro me conservar tão puro como essa água do vidro. O relógio simboliza o meu tempo presente, esse precisa ser bem investido, pois a cada minuto de vida que passa minhas oportunidades de fazer o bem vão se esgotando, os minutos perdidos jamais retornarão para esse velho baú. A Bíblia é o alimento novo que recebo diariamente do Senhor; sem ele, não vivo.

Respondendo francamente:

- Qual a cor da água da fonte do seu coração?
- Se você tivesse que esticar o tempo, qual seria a sua atividade mais longa?
- A sua leitura bíblica tem sido suficiente para alimentar todos os seus projetos?

11. A vinha

"Porque o Reino dos céus é semelhante a um homem, pai de família, que saiu de madrugada a assalariar trabalhadores para a sua vinha.

E, ajustando com os trabalhadores a um dinheiro por dia, mandou-os para a sua vinha.

E, saindo perto da hora terceira, viu outros que estavam ociosos na praça.

E disse-lhes: Ide vós também para a vinha, e dar-vos-ei o que for justo. E eles foram. Saindo outra vez, perto da hora sexta e nona, fez o mesmo.

E, saindo perto da hora undécima, encontrou outros que estavam ociosos e perguntou-lhes: Por que estais ociosos todo o dia?

Disseram-lhe eles: Porque ninguém nos assalariou. Diz-lhes ele: Ide vós também para a vinha e recebereis o que for justo.

E, aproximando-se a noite, diz o senhor da vinha ao seu mordomo: Chama os trabalhadores, e paga-lhes o salário, começando pelos derradeiros até aos primeiros.

E, chegando os que tinham ido perto da hora undécima, receberam um dinheiro cada um; vindo, porém, os primeiros, cuidaram que haviam de receber mais; mas, do mesmo modo, receberam um dinheiro cada um.

E, recebendo-o, murmuravam contra o pai de família, dizendo: Estes derradeiros trabalharam só uma hora, e tu os igualaste conosco, que suportamos a fadiga e a calma do dia.

Mas ele, respondendo, disse a um deles: Amigo, não te faço injustiça; não ajustaste tu comigo um dinheiro?

Toma o que é teu e retira-te; eu quero dar a este derradeiro tanto como a ti.

Ou não me é lícito fazer o que quiser do que é meu? Ou é mau o teu olho porque eu sou bom?

Assim, os derradeiros serão primeiros, e os primeiros, derradeiros, porque muitos são chamados, mas poucos, escolhidos" (Mt 20.1-16).

O porquê da parábola: Jesus queria dar aos discípulos a compreensão de que todos aqueles que trabalham na obra de Deus não dependem da quantidade de tempo para agradar-lhe, mas sim da qualidade de serviço e do amor que se tem a Deus, já que os galardões não serão distribuídos segundo os métodos humanos.

A justiça de Deus, porém, é perfeitamente "justa". A graça de Deus também abrange aqueles que não a merecem, dispensando recompensas, muito além daquilo que se poderia esperar com a justiça. Essa graça opera mediante desígnio divino e não por motivos humanos. O Senhor conhece todas a intenções do coração do homem e sabe avaliá-las bem.

Princípio moral: O trabalho é um dever de todo homem, qualquer que seja a concepção moral e religiosa que o inspira, seu valor não se mede apenas pela categoria a que pertence cada um, mas principalmente pela perfeição com que é realizado. O trabalho também é um direito reconhecido solenemente na Declaração Universal dos Direitos Humanos; todo homem tem o direito inalienável de procurar trabalho, os meios de ser realizar como homem e de prover subsistência. A parábola valorizou o direito e dever do homem trabalhar, por isso convidou trabalhadores para a vinha até fora de hora. O importante é que ninguém ficasse ocioso pelas praças por falta de emprego.

Até o contrato de remuneração foi dentro dos padrões estabelecidos pelo senhor. Tudo foi cumprido e obedecido conforme o combinado, nada foi desrespeitado.

Princípio espiritual: A misericórdia do pai de família é louvável diante de um mundo cheio de egoísmo e cobiça. No Reino de Deus, o pagamento será igual, não importa o tempo de serviço, nem a qualidade da tarefa, todos receberão um salário, tanto o primeiro como o derradeiro.

Discussão em grupo

- Você teria coragem de adotar o mesmo método da parábola? Por quê?
- O pai de família agiu com justiça?
- O desemprego tem solução?
- Qual é a sua estratégia para o problema?

Dinâmica - Recompensa

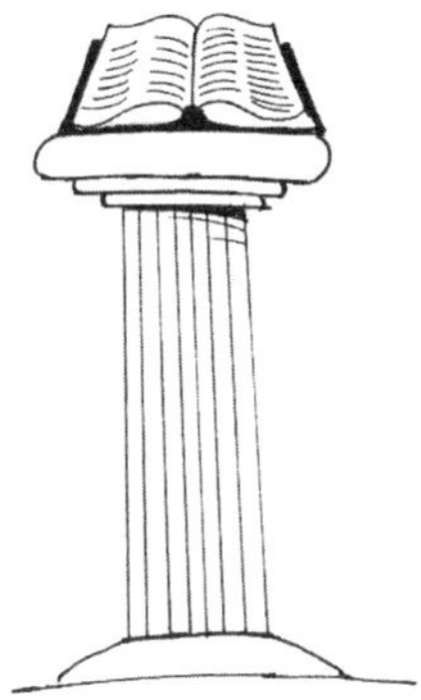

Objetivo: Proporcionar a auto-avaliação sobre recompensas.

Material: Uma cópia com as tarefas dos grupos para avaliação e caneta.

Procedimento: Convide os participantes a analisarem as atividades que serão executadas pelas classes dominicais no dia da Bíblia. Esse evento será realizado depois da aprovação do grupo; para isso, precisa haver votação para resolver algumas questões em relação aos procedimentos. O líder deve entregar aos grupos uma folha com as atividades. Todos irão avaliar os pontos que a tarefa merece e o prêmio a ser oferecido a cada grupo. Os componentes devem escrever o valor dos pontos e o prêmio que a tarefa merece.

Tarefas:

1º grupo: Organizar uma equipe para que durante seis meses copie a Bíblia e encaderne. A apresentação da tarefa será no dia da Bíblia.

Nº de pontos:____________ Prêmio: ________________

2º grupo: Organizar uma equipe para copiar o Novo Testamento durante quadro meses, encadernar e apresentar no dia da Bíblia.

Nº de pontos:____________ Prêmio: ________________

3º grupo: Organizar uma equipe para copiar o livro do Evangelho de João em três meses, encadernar e apresentar no dia da Bíblia.

Nº de pontos:____________ Prêmio: _________________

4º grupo: Organizar uma equipe que copie o Salmo 119 à mão durante dois meses, encaderne e apresente no dia da Bíblia.

Nº de pontos:____________ Prêmio: _________________

5º grupo: Organizar uma equipe que copie um lindo versículo e apresente no dia Bíblia. Prazo de um mês.

Nº de pontos: ___________ Prêmio: _________________

Aplicação prática: Após o tempo concedido para que os grupos escrevam o valor dos pontos e os prêmios, peça que as equipes comecem a avaliar os prêmios de forma ordeira dizendo: concordo ou discordo.

Após a discussão sobre as recompensas, leia a parábola e faça a aplicação, dizendo: Todos deveriam oferecer o mesmo prêmio para cada grupo. O galardão segundo a parábola não discrimina nem tempo, nem salário.

Para pensar:

- Em que esta dinâmica me faz pensar?
- O que descobrimos em relação à recompensa?
- Você aplicaria esta atividade em sua classe e procederia conforme a parábola?

Texto para reflexão

A troca

Dois fazendeiros resolveram trocar de fazenda durante um mês. O motivo era que o dono da fazenda "Boi Gordo" queria mudar sua administração, pois os seus empregados viviam sempre brigando, sendo que no dia do pagamento piorava. Seu amigo resolveu ajudá-lo, mas antes precisava aprender o novo método na fazenda de "Serra Azul". Então fizeram a troca. Quando o dono da "Boi Gordo" chegou em "Serra azul", não encontrou problemas. A cada dia, o fazendeiro ficava mais admirado com a dedicação e alegria dos empregados. Quando chegou o dia de realizar os pagamentos da fazenda e desfazer a troca, ele reuniu todos os empregados para se despedir e pagar o que era devido. Ele recebeu a folha de pagamento e ficou admirado com o que viu, todos ganhavam o mesmo salário com muita alegria e satisfação. Ele partiu com saudade daqueles dias que viveu em completa paz, mas ao avistar ao longe a entrada de sua fazenda, o tumulto era geral.

Aproximou-se e já foi ouvindo reclamações sobre o salário. O fazendeiro experiente de "Serra Azul" resolveu igualar o salário de todos os empregados, gerando uma tremenda confusão. Uns diziam que era injustiça, outros falavam que aquilo era muita bênção, outros olhavam de cara feia para quem estava feliz. O fazendeiro da fazenda "Boi Gordo" chegou perto do amigo e com um abraço agradeceu a grande lição de administração que recebera em suas terras. Em seguida, tomou a palavra e falou: A partir de hoje, não haverá diferença salarial, eu sou o dono de tudo aqui e faço o que quero com o que é meu. Não haverá mais disputas nem competições.

Respondendo francamente:

- Você concorda que o dinheiro é a raiz de todos os males?
- Neste mundo as injustiças sociais tem solução?
- Há condições de equiparar os salários numa empresa?
- Como você caracteriza a administração dos dois fazendeiros?
- Como você definira a inveja e cobiça?
- Você concordaria em receber o menor salário, quando seu contra-cheque é um dos maiores?

12. A candeia

"E disse-lhes: Vem, porventura, a candeia para ser posta debaixo do cesto ou debaixo da cama? Não vem, antes, para se colocar no velador?

Porque nada há encoberto que não haja de ser manifesto; e nada se faz para ficar oculto, mas para ser descoberto" (Mc 4.21,22).

O porquê da parábola: Jesus queria que os discípulos entendessem que nada no Reino de Deus é realizado para ficar oculto. Cada convertido tem o compromisso de anunciar a mensagem do evangelho.

Princípio moral: A inclinação para a camuflagem é muito perigosa, essa estratégia pode ser interpretada como usada para distrair a atenção da conduta que pode ser considerada inadequada. Um dos motivos para procurar o esconderijo pode ser a vergonha ou medo de enfrentar situações que podem expor a vida cristã.

Princípio espiritual: Tudo na vida tem o seu lugar determinado, até as atitudes e palavras tem o seu momento de manifestar-se. No Reino de Deus, as palavras e obras não podem ser ocultas, pois Deus nos chamou para uma vida de serviço sincero, honesto e transparente.

Discussão em grupo

- Você já esteve escondido por algum motivo?
- A mensagem de Jesus pode ser escondida?
- Onde a sua lâmpada está brilhando?

Dinâmica - Conta as bênçãos

Objetivo: Experimentar e pensar sobre a importância de contar as bênçãos.

Material: Bolas de borracha da mesma cor, papel e caneta.

Procedimento: Antes de iniciar, o líder deve alertar sobre o perigo de não explodir o esconderijo que protege uma grande bênção recebida de Deus. Jesus disse que "nada se faz para ficar em oculto, mas para ser descoberto".

Depois da conversa inicial, distribua papéis para que a bênção secreta seja escrita. Cada papel será bem dobradinho e colocado dentro do balão. A seguir, comece a inflar. Quando todos tiverem terminado de soprar e amarrar o balão, cante um corinho bem animado que fale sobre "gratidão". Os balões serão então lançados ao ar, não podendo tocar no chão. Ao término do corinho, todos devem pegar um balão e estourar. O papel com a bênção é recolhido e cada um se levanta e anuncia a bênção escrita.

Aplicação prática:

- Para que serviu a dinâmica?
- Comente o período em que a bênção está "debaixo da cama" escondida.

- Comente o período em que a bênção está no "velador" iluminando.

Texto para reflexão

"São os homens fortes e corajosos que dirigem o mundo. Os passivos, fracos e tímidos não deixam sinal nenhum após si, viveram se escondendo e não iluminaram os outros nem a si mesmo, isso porque resolveram embotar a luz que receberam das mãos do Criador, enquanto a vida de um homem forte deixa um raio de luz após a sua morte. Eles venceram, porque tinham deixado a luz de Cristo habitar nos seus tabernáculos terrenos." Por isso, seu exemplo é lembrado e seguido, e os seus pensamentos e a sua coragem continuam inspirando gerações.

Respondendo francamente:

- Quais os sinais que a luz de uma pessoa está enfraquecendo?
- Qual o conselho que você daria a um colega que vive "embaixo da cama"?
- Qual a sua opinião em relação ao texto?

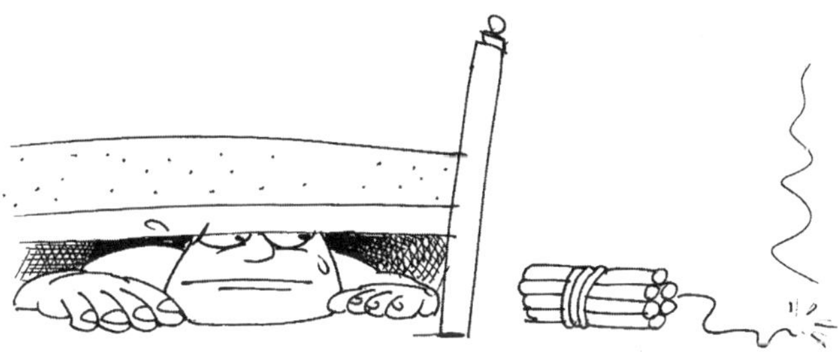

13. Os lavradores maus

"E começou a dizer ao povo esta parábola: Certo homem plantou uma vinha, e arrendou-a a uns lavradores, e partiu para fora da terra por muito tempo.

E, no devido tempo, mandou um servo aos lavradores, para que lhe dessem dos frutos da vinha, mas os lavradores, espancando-o, mandaram-no vazio.

E tornou ainda a mandar outro servo; mas eles, espancando também a este e afrontando-o, mandaram-no vazio.

E tornou ainda a mandar um terceiro; mas eles, ferindo também a este, o expulsaram.

E disse o senhor da vinha: Que farei? Mandarei o meu filho amado; talvez, vendo-o, o respeitem.

Mas, vendo-o os lavradores, arrazoaram entre si dizendo: Este é o herdeiro; vinde, matemo-lo, para que a herança seja nossa.

E, lançando-o fora da vinha, o mataram. Que lhes fará, pois, o senhor da vinha?

Irá, e destruirá estes lavradores, e dará a outros a vinha. E, ouvindo eles isso, disseram: Não seja assim!

Mas ele, olhando para eles, disse: Que é isto, pois, que está escrito? A pedra que os edificadores reprovaram, essa foi feita cabeça da esquina.

Qualquer que cair sobre aquela pedra ficará em pedaços, e aquele sobre quem ela cair será feito em pó" (Lc 20.9-18).

O porquê da parábola: Jesus anunciou a parábola porque queria explicar que Deus é o proprietário de todas as coisas, inclusive de Israel. No tempo devido haveria uma prestação de contas do serviço na sua vinha; toda atitude de agressividade, violência e possessão indébita seriam punidas.

Princípio moral: O arrendamento da vinha ou concessão para exploração foi por um tempo determinado e mediante renda, estabelecida de modo fixo pelo proprietário. O cultivo da vinha seria uma forma vantajosa de cooperação entre o proprietário e os arrendatários. Assim os benefícios seriam aproveitados por ambos.

Esse procedimento é legal e deveria ser respeitado, mas os arrendatários não cumpriram o contrato, por isso, cometeram crime. Eles se apoderaram de bens alheios, cometeram crime e a condenação seria aplicada.

Princípio espiritual: O maior segredo do Reino de Deus é que ninguém é dono de nada; somos apenas administradores de sua lavoura. Segundo a parábola de Jesus, os judeus se apoderaram da vinha, maltrataram e mataram os servos enviados pelo pai de família, por isso, receberão pena de morte e a lavoura passará à outra mão já que foram capazes de assassinar o próprio herdeiro.

Eles perderam a vinha e agora o arrendamento da vinha passou a um povo — a Igreja. Esse povo continua semeando a terra, cultivando o compromisso de entregar frutos para o dono da vinha. A plantação cresceu e está se espalhando pela terra, tanto que a colheita será em todas as nações.

Discussão em grupo

O respeito à autoridade espiritual não era praticado em Israel, pois nos dias de Jesus mataram o maior profeta — João — e estavam prontos para matar o filho de Deus.

- Qual a sua opinião a respeito desse delito gravíssimo?
- Segundo a parábola, houve um rompimento no contrato de arrendamento. Como você analisa o caráter dos religiosos a quem Jesus dirigiu a parábola?
- Em que a parábola me faz pensar?

Dinâmica - A vinha

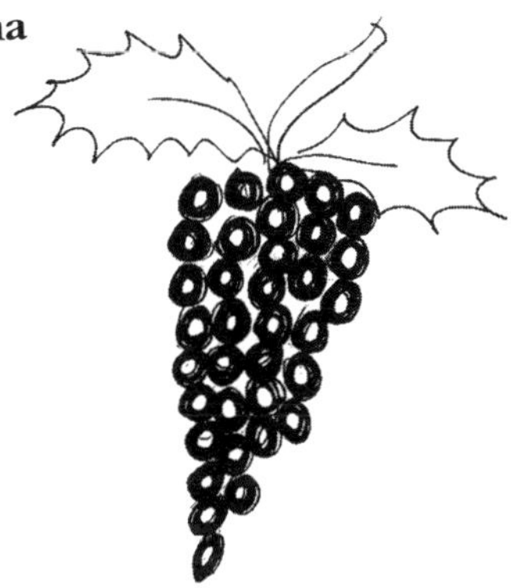

Objetivo: Desenvolver o senso crítico e traçar o perfil das autoridades da época de Jesus.

Matcrial: Lápis e papel.

Procedimento: Após ter feito a leitura sobre a parábola, o líder divide as pessoas em pequenos grupos para refletir sobre o que foi lido.

1º grupo: Levantar o fato da parábola que o grupo considera mais forte e procurar as causas que levaram os personagens do texto a agirem daquela forma violenta.

2º grupo: Partindo da observação da realidade do contexto histórico, procurar solução para argumentar sobre uma possível recuperação daqueles que usurparam a vinha à luz da Palavra de Deus, visando a conduzir para uma ação consciente e eficiente de conversão.

3º grupo: Jesus mexeu com as estruturas religiosas quando condenou os religiosos e suas atitudes, pois não agiam como conhecedores da Lei, nem praticavam os seus ensinos. Comente sobre os aspectos que Jesus condenou na parábola.

Poesia para reflexão

A morte do herdeiro

O sol brilhava com seus raios multicores
No meio da vinha, coberta de flores
Os cachos maduros cobriam o chão.
O senhor da terra enviou um varão,
Para recolher os frutos das mãos dos irmãos,
Mas os lavradores disseram: não!

São tolos, perversos que com fúria exclamam:
Matai! Já é hora de fazê-lo calar!
Todos obedecem e atendem sem lágrimas:
São todos covardes, guerreiros sem glória!
Pois querem matar um herdeiro de fama.
Prendem o Cristo, que açoitado, não reclama.

Os seus amigos não podem agir,
As armas da lei espalham furor,
E o herdeiro calado com olhos de amor
Enfrenta os perversos sem nenhum temor,
Pois chegou a hora de gemer de dor,
Pela sua amada vinha e por mim, pecador.

Caiu o valente que veio remir,
Mas avisou aos discípulos: Eu vou ressurgir!
Depois da missão que veio cumprir,
Voltou a viver, depois de dormir.
Resgatou sua vinha antes de partir
Para cidade celeste que eu vou no porvir.

Para fazer: Após a leitura da poesia, peça que todos façam um bonito cacho de uva e em cada fruto escreva as bênçãos que Jesus conquistou para nós, quando realizou o plano de redenção. Depois de pronto, faça uma dedicatória e entregue ao seu companheiro.

14. Os convidados para as bodas

"Então, Jesus, tomando a apalavra, tornou a falar-lhes em parábolas, dizendo: O Reino dos céus é semelhante a um certo rei que celebrou as bodas de seu filho.

E enviou os seus servos a chamar os convidados para as bodas; e estes não quiseram vir.

Depois, enviou outros servos, dizendo: Dizei aos convidados: Eis que tenho o meu jantar preparado, os meus bois e cevados já mortos, e tudo já pronto; vinde às bodas.

Porém eles, não fazendo caso, foram, um para o seu campo, e outro para o seu negócio; e, os outros, apoderando-se dos servos, os ultrajaram e mataram.

E o rei, tendo notícias disso, encolerizou-se, e, enviando os seus exércitos, destruiu aqueles homicidas, e incendiou a sua cidade.

Então, disse aos servos: As bodas, na verdade, estão preparadas, mas os convidados não eram dignos.

Ide, pois, às saídas dos caminhos e convidai para as bodas a todos os que encontrardes.

E os servos, saindo pelos caminhos, ajuntaram todos quantos encontraram, tanto maus como bons; e a festa nupcial ficou cheia de convidados.

E o rei, entrando para ver os convidados, viu ali um homem que não estava trajado com veste nupcial.

E disse-lhe: Amigo, como entraste aqui, não tendo veste nupcial? E ele emudeceu.

Disse, então, o rei aos servos: Amarrai-o de pés e mãos, levai-o e lançai-o nas trevas exteriores; ali, haverá pranto e ranger de dentes.

Porque muitos são chamados, mas poucos, escolhidos" (Mt 22.1-14).

O porquê da parábola: A parábola procura ilustrar que o evangelho, sem fronteiras, tinha o poder de alcançar todas as classes sociais, como também tencionava mostrar porque o povo de Israel e, especialmente, seus líderes religiosos não se beneficiaram desse seu ministério.

Princípio moral: Um convite deve ser sempre considerado, por mais ocupados que estejamos. Na parábola, os homens não só rejeitaram o convite, mas suas atitudes indicam que eram pessoas individualistas que se deixaram absorver inteiramente pelos empreendimentos agrícolas, comerciais e industriais, ou mesmos pelos prazeres.

Princípio espiritual: Segundo a parábola, os judeus não reconheceram o ministério de Jesus, nem a sua autoridade; não estavam dispostos a prestar-lhe lealdade, aceitando o convite que o rei lhe fizera. Outros, além de rejeitar o convite, chegaram a perseguir e a matar aqueles que proclamaram a sua mensagem; mas os convidados que aceitaram também não estavam livres de supervisão da parte do Rei, pois no banquete, o hóspede deveria estar com vestes nupciais apropriadas. Este hóspede serve como símbolo dos que confessam ser crentes, mas não o são, pois não se preocupam com suas vestes espirituais.

Discussão em grupo

- Você já rejeitou um convite carinhoso simplesmente pelo fato de não gostar da pessoa?
- Sua festa já foi rejeitada tal como a festa do rei?
- Em que esta parábola me faz pensar?

Dinâmica - O convite

Objetivo: Refletir sobre a forma de tratamento às pessoas distantes e à integração do grupo.

Material: Papel e caneta.

Procedimento: Divida os participantes em duplas; peça que confeccionem convites para uma festa organizada pelo grupo. A festa vai ter um motivo bem criativo. Quando todos tiverem terminado de confeccionar os convites, os grupos devem trocar os convites com duplas que não tenham muita afinidade.

Agora a dupla que recebeu o convite vai responder aceitando ou rejeitando participar da festa. Quando todos tiverem recebido as suas respostas, sentam-se em círculo e a leitura da parábola é feita. A seguir, cada um vai ler o convite recebido e o grupo que lhe fez o convite vai ler a resposta.

Aplicação prática:

- Você aceitaria um convite de um desconhecido, mesmo que este fosse muito rico?
- Se não aceitasse, qual a desculpa para o convite?
- Em que a dinâmica me fez pensar?

Texto para reflexão

O carpinteiro

A casa do carpinteiro ficava numa região perigosa. Aquele lugar era conhecido como o mais violento. Ali as pessoas eram saqueadas à luz do dia, muitos perdiam suas vidas.

A carpintaria era famosa pelo excelente serviço que realizava, mas por causa do seu aspecto simples, era muito desprezada. Mas aquela aparência simples fazia parte de um plano do rei; queria, temporariamente, esconder a real aparência do grande palácio e a identidade nobre do jovem carpinteiro. Chegara o dia do seu plano ser revelado. Escolheu o dia da festa das bodas do filho, aquele homem humilde seria apresentado como herdeiro de todas as terras.

Organizou a festa e enviou os convites aos homens importantes da região. Para sua surpresa, todos rejeitaram o convite. Cada convidado arrumava uma desculpa para se livrar da amabilidade do rei. Ninguém acreditou que se tratava duma festa real. Uns desprezaram os servos, outros os expulsaram violentamente de suas terras, alguns até perderam a vida, tentando convencê-los a participar do banquete. O rei, quando soube do ocorrido, combateu contra aqueles homens perversos, pediu que fosse convidado todas as pessoas que encontrassem, não importando quem fosse. O importante era encher o salão.

No dia determinado, foi aberto o palácio. Ninguém acreditava no que estava diante de seus olhos, a beleza e resplendor davam à antiga carpintaria um aspecto majestoso. O único incidente aconteceu com um convidado que não estava vestido corretamente, este foi expulso violentamente do ambiente.

Quando todos estavam participando do banquete, o Rei exclamou: "muitos foram chamados, mas tão poucos escolhidos".

15. As dez virgens

"Então, o Reino dos céus será semelhante a dez virgens que, tomando as suas lâmpadas, saíram ao encontro do esposo.

E cinco delas eram prudentes, e cinco, loucas.

As loucas, tomando as suas lâmpadas, não levaram azeite consigo.

Mas as prudentes levaram azeite em suas vasilhas, com as suas lâmpadas.

E, tardando o esposo, tosquenejaram todas e adormeceram.

Mas, à meia-noite, ouviu-se um clamor: Aí vem o esposo! Saí-lhe ao encontro!

Então, todas aquelas virgens se levantaram e prepararam as suas lâmpadas.

E as loucas disseram às prudentes: Dai-nos do vosso azeite, porque as nossas lâmpadas se apagam.

Mas as prudentes responderam, dizendo: Não seja caso que nos falte a nós e a vós; ide, antes, aos que o vendem e comprai-o para vós.

E, tendo elas ido comprá-lo, chegou o esposo, e as que estavam preparadas entraram com ele para as bodas, e fechou-se a porta.

E, depois, chegaram também as outras virgens, dizendo: Senhor, senhor, abre-nos a porta!

E ele, respondendo, disse: Em verdade vos digo que vos não conheço.

Vigiai, pois, porque não sabeis o Dia nem a hora em que o Filho do Homem há de vir" (Mt 25.1-13).

O porquê da parábola: A parábola foi apresentada porque Jesus queria continuar falando sobre a situação interior do homem, quando Ele retornasse para buscar o seu povo. Muitos estariam aguardando fielmente o "abrir das portas", enquanto outros estariam vivendo de aparência como aquelas cinco virgens descuidadas que estavam vestidas, mas não tinham o fogo para iluminar o caminho e acompanhar o noivo, isto é, estavam completamente despreparadas para o evento, por isso, elas seriam deixadas para trás.

Princípio moral: Na parábola, fica claro que houve um compromisso mútuo acertado entre as dez virgens para acompanhar o cortejo nupcial até a casa do esposo. Cinco virgens se prepararam para isso, mas cinco delas não foram cuidadosas para verificar todos os detalhes. A falta de responsabilidade prejudicou a participação numa festa tão especial, pois não levaram azeite suficiente consigo. Essa atitude mostrava negligência, despreocupação e descuido; isso trouxe grande prejuízo para elas, pois ficaram impedidas de participar da festa. Assim, decepcionaram o noivo, pois somente cinco acompanharam o cortejo.

Princípio espiritual: Quando aceitamos um convite para uma solenidade importante devemos cuidar de todos os detalhes para evitar desastres.

No Reino dos céus, o preparo deve ser em todas as direções, inclusive na unção, pois uma pessoa só brilha no mundo se estiver iluminada pelo Espírito Santo.

Discussão em grupo

- A falta de preparo já causou situações embaraçosas para você?
- O que você falaria com aquelas virgens distraídas?
- Qual a sua opinião sobre uma pessoa que só se preocupa com o exterior?

Dinâmica - O azeite

Objetivo: Identificar o nível de comprometimento da pessoa com o Espírito Santo e reconhecer quando alguns estão bem longe, quase se apagando.

Material: Um papel com o desenho da lamparina com as perguntas ao lado e caneta.

Procedimento: Distribua um papel com a figura de uma lamparina e com as perguntas para provocar reflexão. Cada participante deve desenhar a quantidade de azeite que contém em sua lamparina da alma: "A alma do homem é a lâmpada do Senhor, que esquadrinha todos o mais íntimo do ventre" (Pv 20.27).

Encerramento: Logo após ter desenhado o limite do azeite, responda as perguntas sobre a sua vida cristã. Procure responder com sinceridade:

- Quanto tempo você conseguirá andar com esta porção de azeite?
- Como é a estrada que você tem que percorrer?
- Se tens pouco azeite, como deves aumentar a sua reserva?
- Qual é a sua expectativa ao final da estrada?

No final, procure agrupar as pessoas que declararam baixa em sua reserva com aquelas que estão bem espiritualmente. Cada grupo vai orar para que Deus venha aumentar o azeite do grupo. Antes de terminar, o líder deve recolher folhas para analisar e planejar uma ajuda posterior.

Texto para reflexão

O naufrágio

Uma embarcação estava a dias enfrentando dificuldades para atravessar uma tempestade no mar. Os marinheiros avisavam aos jovens estudantes para se manter juntos e com os coletes salva-vidas. Um grupo obedeceu e passou a andar no barco com a proteção devida. O tempo melhorou um pouco e chegou a hora de dormir. O comandante do navio continuou avisando que era para dormir com os coletes, mas alguns jovens começaram a rir do grupo que obedeceu, visto que a tempestade terminara. Em meio a gargalhadas, foram dormir. De madrugada, houve-se um grande estrondo no navio e as luzes se apagaram. Quase que instantaneamente a água tomou conta do dormitório que ficava na parte inferior da embarcação. Não houve tempo para nada; todos se lançaram nas águas turbulentas e começaram a nadar. Não demorou muito para ver que a tormenta era inimiga das vidas; aqueles jovens que não tiveram tempo para colocar os coletes sofreram a perda de suas vidas na escuridão das águas, uma vez que todos os que estavam com os coletes foram salvos por um pequeno barco que os avistou boiando nas águas.

Respondendo francamente:

- Como você definiria a obediência?

- Você é obediente?
- A obediência dos jovens poderia ter poupado-lhes as vidas. Pergunta-se: É fácil obedecer?

16. A vida eterna e o castigo eterno

"E, quando o Filho do Homem vier em sua glória, e todos os santos anjos, com ele, então, se assentará no trono da sua glória; e todas as nações serão reunidas diante dele, e apartará uns dos outros, como o pastor aparta dos bodes as ovelhas.

E porá as ovelhas à sua direita, mas os bodes à esquerda.

Então, dirá o Rei aos que estiverem à sua direita: Vinde, benditos de meu Pai, possuí por herança o Reino que vos está preparado desde a fundação do mundo; porque tive fome, e destes-me de comer; tive sede, e destes-me de beber; era estrangeiro, e hospedastes-me; estava nu, e vestistes-me; adoeci, e visitastes-me; estive na prisão, e fostes ver-me.

Então, os justos lhe responderão, dizendo: Senhor, quando te vimos com fome e te demos de comer? Ou com sede e te demos de beber?

E, quando te vimos estrangeiro e te hospedamos? Ou nu e te vestimos?

E, quando te vimos enfermo ou na prisão e fomos ver-te?

E, respondendo o Rei, lhes dirá: Em verdade vos digo que, quando o fizestes a um destes meus pequeninos irmãos, a mim o fizestes.

Então, dirá também aos que estiverem à sua esquerda: Apartai-vos de mim, malditos, para o fogo eterno, preparado para o diabo e seus anjos; porque tive fome, e não me destes de comer; tive sede, e não me destes de beber; sendo estrangeiro, não me recolhestes; estando nu, não me vestistes; e estando enfermo e na prisão, não me visitastes.

Então, eles também lhe responderão, dizendo: Senhor, quando te vimos com fome, ou com sede, ou estrangeiro, ou nu, ou enfermo, ou na prisão e não te servimos?

Então, lhes responderá, dizendo: Em verdade vos digo que, quando a um destes pequeninos o não fizestes, não o fizestes a mim.

E irão estes para o tormento eterno, mas os justos, para a vida eterna" (Mt 25.31-46).

O porquê da parábola: Jesus continua ensinando que o amor é o mandamento fundamental no seu Reino. Quem não cumpre esta lei, no grande julgamento ficará surpreso, porque alguns descobrirão que, apesar de terem proferido as palavras certas e crido nas doutrinas corretas, faltou-lhes totalmente a posse das realidades espirituais. Inclusive, porque descobrirão que o amor ao próximo era o mais importante serviço prestado a Deus. Jesus queria ensinar que sempre devemos servir aos homens e, ao mesmo tempo, a Deus.

Princípio moral: No começo do cristianismo, a vivência fraterna na comunidade religiosa e a solidariedade eram práticas diárias entre os irmãos. Essa foi uma grande conquista na Igreja Primitiva. Apesar de haver muitas mudanças na comunidade religiosa, ser solidário é um dever de todo elemento que pertence ao Corpo de Cristo.

Todo homem deve estar preparado para socorrer o próximo quando estiver com fome ou sede, doente ou necessitado de vestuário, estrangeiro ou presioneiro.

Princípio espiritual: No retorno de Cristo, o ajuste de contas atingirá todos os homens. Aqueles que alcançarem o nível de misericórdia e piedade, com certeza, obterão a maior condecoração do Reino — estar ao lado de Cristo.

Discussão em grupo

- Como tem sido o teu serviço prestado a favor dos santos?
- Em que a parábola me faz pensar?
- Você já organizou algum projeto social no seu grupo?
- Já foi voluntário em algum projeto social?
- Qual o tipo de serviço social você está envolvido ou pretende envolver-se?

Dinâmica - Pedido de socorro

Objetivo: Conscientizar sobre a necessidade de praticar o amor e a misericórdia ensinados por Jesus.

Material: Desenho de dez mãozinhas coloridas e caneta.

Procedimento: Inicie a reunião fazendo a leitura da parábola. A seguir, cada grupo vai organizar um projeto social simples e eficaz para a situação apresentada por Jesus na parábola. O grupo indicará solução através de um projeto social criativo para socorrer os necessitados durante três meses.

Desenhe várias mãozinhas, na parte da frente apresente o problema e atrás escreva a solução trazida pelo grupo.

1ª mão - Escrever na frente: "Tenho fome". Atrás da mão: o nome do projeto como solução.

2ª mão - Escrever na frente: "Tenho sede". Atrás da mão: o nome do projeto como solução.

3ª mão - Escrever na frente: "Sou estrangeiro". Atrás da mão: o nome do projeto como solução.

4ª mão - Escrever na frente: "Estou desnudo". Atrás da mão: o nome do projeto como solução.

5ª mão - Escrever na frente: "Estou doente". Atrás da mão: o nome do projeto como solução.

6ª mão - Escrever na frente: "Estou preso". Atrás da mão: o nome do projeto como solução.

Aplicação prática:

- Para que serviu a dinâmica?
- Qual a sua visão social para sua comunidade evangélica?
- Você estabelece critérios para socorrer os necessitados?

Texto para reflexão

O fazendeiro

Um jovem recebeu uma parte do patrimônio de seu pai e resolveu investir na criação de ovelhas e cabras. Preparou o redil e adquiriu o rebanho. Amanhecia o dia, ele já estava preparado com o seu cajado, levando as ovelhas e as cabras ao pasto. Com o passar do tempo, ele começou a pensar se realmente deveria continuar com dois tipos de animais no redil, pois passava a maior parte do tempo ocupado com as cabras. Elas eram às vezes teimosas e impossíveis de serem controladas, em contraste com as ovelhas que eram animais de maior valor, produziam lã e leite, e possuíam uma natureza plácida e boa. Os cabritos, naturalmente briguentos, não tinham a sua pele como a das ovelhas, além do forte odor e o valor no mercado ser inferior. Ele não sabia o que fazer, pois o seu investimento estava sofrendo prejuízos. Depois de várias tentativas, a situação piorava, então resolveu desfazer o negócio com as cabras e dedicou-se somente ao seu rebanho calmo e tranqüilo das ovelhas. Suas atividades passaram a ser tranqüilas, passou a não somente conduzir o rebanho, mas também se dedicava à administração da pequena fazenda. Em pouco tempo, o jovem já se destacava no mercado de ovelhas da região.

Respondendo francamente:

Segundo o texto, duas espécies diferentes de animais trouxeram grande desgaste físico ao jovem pastor. Pergunta-se:

- Separar o rebanho foi a melhor solução?
- Compare a separação anunciada por Jesus no dia do julgamento com as duas espécies de animais.
- Como você vê a mistura de incrédulos e fiéis na casa de Deus?

17. O bom samaritano

"E eis que se levantou um certo doutor da lei, tentando-o e dizendo: Mestre, que farei para herdar a vida eterna?

E ele lhe disse: Que está escrito na lei? Como lês?

E, respondendo ele, disse: Amarás ao Senhor, teu Deus, de todo o teu coração, e de toda a tua alma, e de todas as tuas forças, e de todo o teu entendimento e ao teu próximo como a ti mesmo.

E disse-lhe: Respondeste bem; faze isso e viverás.

Ele, porém, querendo justificar-se a si mesmo, disse a Jesus: E quem é o meu próximo?

E, respondendo Jesus, disse: Descia um homem de Jerusalém para Jericó, e caiu nas mãos dos salteadores, os quais o despojaram e, espancando-o, se retiraram, deixando-o meio morto.

E, ocasionalmente, descia pelo mesmo caminho certo sacerdote; e, vendo-o, passou de largo.

E, de igual modo, também um levita, chegando àquele lugar e vendo-o, passou de largo.

Mas um samaritano que ia de viagem chegou ao pé dele e, vendo-o, moveu-se de íntima compaixão.

E, aproximando-se, atou-lhe as feridas, aplicando-lhes azeite e vinho; e, pondo-o sobre a sua cavalgadura, levou-o para uma estalagem e cuidou dele; e, partindo ao outro dia, tirou dois dinheiros, e deu-os ao hospedeiro, e disse-lhe: Cuida dele, e tudo o que de mais gastares eu to pagarei, quando voltar.

Qual, pois, destes três te parece que foi o próximo daquele que caiu nas mãos dos salteadores?

E ele disse: O que usou de misericórdia para com ele. Disse, pois, Jesus: Vai e faze da mesma maneira" (Lc 10.25-37).

O porquê da parábola: A parábola denuncia a atitude egoísta, cheia de discriminação, da parte dos líderes religiosos e contemporâneos de Jesus. Os mais prontos para demonstrar qualidades humanitárias eram os sacerdotes e os levitas, mas esses renunciaram o amor e a misericórdia ao próximo. Jesus, conhecendo os seus corações mesquinhos, condenou suas atitudes através dessa parábola.

Princípio moral: A misericórdia e amor ao próximo são para serem exercidos diante de qualquer situação, independente de pressa ou qualquer compromisso. A vida humana tem maior valor. Aquele que atende ao necessitado alcança louvor diante de todos.

O egoísmo é uma tendência natural, inata em cada ser, mas o homem que conhece a Deus deve evocar o sentido moral de amor pregado por Jesus. O egoísmo procura sempre, e em tudo, o seu interesse imediato, e, para alcançá-lo, não leva em conta nenhum princípio moral. O egoísmo é roído pela ambição e pela inveja, incapaz de se alegrar com a felicidade alheia, só vê competidores e tenta neutralizá-los ou eliminá-los. O egoísmo é a atitude mais estéril e infeliz, imolando toda a sua vida ao próprio eu. Do ponto de vista social, o egoísmo é a raiz de todos os males que afligem a humanidade.

Os religiosos que perseguiam a Jesus com o seu egoísmo prepararam o próprio colapso, porque deram ao egoísmo o valor de uma religião. A grande missão de Jesus foi coibir o egoísmo, apresentar o amor para que a humanidade encontrasse o próprio sentido da vida.

Princípio espiritual: Jesus estabeleceu somente a lei do amor a qual o homem deve cumprir e obedecer. O amor ao próximo não se mostra calculista e mesquinho, como se fora meramente o dever de alguém, mas também se mostra e, quase se pode dizer, totalmente extravagante e abundante.

Discussão em grupo

- Dê a sua opinião pessoal sobre o comportamento de cada personagem da parábola: a vítima, o levita, o sacerdote e o samaritano.
- Você já deixou de socorrer alguém ferido fisicamente?
- Você já deixou de socorrer alguém ferido emocionalmente?
- O samaritano renunciou muitas coisas para socorrer o ferido. Comente sobre aquela que é mais importante para você.
- A prática do amor é uma obrigação ou uma opção?
- Como você tem praticado esse sentimento?

Dinâmica - Ferimentos

Objetivo: Citar as feridas que afligem ou afligiram a alma dos componentes do grupo, para diagnosticar a necessidade de tratamento espiritual.

Material: Ataduras, papel para escrever e caneta.

Procedimento: Comece a reunião falando sobre as feridas recebidas na estrada da vida. A seguir, entregue a cada pessoa uma folha em branco. Cada um vai resumir um fato em sua vida que lhe causou feridas no coração escrevendo ou desenhando. O resumo do ataque sofrido deve retratar a violência e choque que foram recebidos no momento da fatalidade. Quando todos tiverem escrito a história, entregue a cada pessoa um pedaço de atadura branca, manchada de tinta guache vermelha, parecendo sangue, para enrolar e amarrar o fato escrito. Cada um deve segurar a sua história até o fim da dinâmica.

Em seguida, escreva perguntas no quadro de giz para realizar um momento de reflexão silenciosa.

Aplicação prática:

- As feridas já estão saradas?
- Como foi o tratamento? Com óleo (simbolizando a unção de Deus sobre o coração) ou com vinho (simbolizando o sangue de Jesus)?

- Quem te sustentou durante a caminhada?
- Qual o seu lugar de refúgio?
- Você está disposto a ajudar alguém ferido no grupo?
- Você já perdoou o agressor?

Quando todos tiverem refletido, então faça uma oração. A seguir, acenda uma fogueira num recipiente apropriado e cada pessoa deve levantar-se e lançar a sua "ferida" para ser incinerada.

Texto para reflexão

Um homem deve estar preparado para socorrer o necessitado, não esquecendo nunca de que, estando preparado para um gesto solidário, sua ação será louvada por todos, pois sua atitude revela a imagem e semelhança com o Criador. Essa é a única maneira de sermos cristãos completos. O resultado é que a pessoa se torna como um grande imã que irradia força atrativa em todas as direções, influenciando ainda aos que estão dentro dos limites do seu campo de ação.

O individualismo é um desertor da bondade e misericórdia. Parasita do trabalho acumulado por irmãos abnegados, leva uma vida estagnada, sem dividir, socorrer e sem cumprir a ordem de Cristo.

18. O amigo importuno

"Disse-lhes também: Qual de vós terá um amigo e, se for procurá-lo à meia-noite, lhe disser: Amigo, empresta-me três pães, pois que um amigo meu chegou a minha casa, vindo de caminho, e não tenho o que apresentar-lhe; se ele, respondendo de dentro, disser: Não me importunes; já está a porta fechada, e os meus filhos estão comigo na cama; não posso levantar-me para tos dar.

Digo-vos que, ainda que se não levante a dar-lhos por ser seu amigo, levantar-se-á, todavia, por causa da sua importunação e lhe dará tudo o que houver mister" (Lc 11.5-8).

O porquê da parábola: A parábola foi anunciada para reforçar o ensino sobre a persistência na oração. A insistência é o mecanismo que abre o coração de Deus em favor do coração contrito e necessitado.

Princípio moral: O homem não se incomodou de pedir o pão fora de hora para o seu vizinho à meia noite. Isso indica uma falta de ética de um personagem "descarado", sem consideração e importunador, batendo insistentemente na porta do vizinho à meia noite para pedir pão. Mas este gesto é a melhor maneira que Jesus encontrou para falar que se quisermos conquistar nossas vitórias, precisamos insistir até fora de hora.

Princípio espiritual: O crente geralmente precisa deixar o orgulho de lado e se mostrar mais ousado para conquistar o favor do Senhor. O homem da parábola insistiu, mesmo lhe sendo negado o empréstimo, pois continuou batendo depois da resposta negativa.

Deus não deve ser comparado com um vizinho de má vontade, ao contrário disso, é um pai generoso para com seus filhos. A única coisa que Deus quer ver nos pedintes é a coragem e disposição para insistir.

Discussão em grupo

- Você tem o hábito de incomodar o seu próximo por qualquer motivo?
- A sua lista de necessidades materiais tem sido maior que as espirituais?
- Você desiste de um alvo de oração facilmente?
- Como estão as conquistas no campo da oração?

Dinâmica - Visita fora de hora

Objetivo: Levar o grupo a expressar sua opinião sobre a conduta do importunador.

Procedimento: Fazer a leitura da parábola e analisar a atitude do homem diante da fome do seu hóspede.

Divida a turma e fale sobre a insistência e ousadia do homem da parábola.

1º grupo: Comentar sobre a persistência de alguém utilizando a prática da oração.

Pergunta-se:

- Você desiste facilmente diante de uma dificuldade impossível aos homens?

- Qual o conselho que daria a uma pessoa que não é persistente na oração?

2º grupo: Comente sobre as atitudes do vizinho importunador.

- Ele buscou socorro com a pessoa certa?

- Bateu na porta certa e na hora errada?

- Pediu o necessário para suprir a necessidade do seu amigo?

3º grupo: Fale sobre o viajante que chegou tão tarde à casa do amigo.

- Você incomodaria um amigo para pedir algo depois de meia-noite?

- Qual a sua opinião sobre empréstimo?

- É certo emprestar comida?

Poesia para reflexão

Que é a oração?

A oração é o desejo sincero da alma,
Que fica mudo ou é expresso.
É o movimento de uma chama oculta,
Que tremula no peito.

A oração é o anunciado de um suspiro,
O cair de uma lágrima,
O volver os olhos úmidos para cima,
Quando ninguém, senão Deus, está perto.

A oração é a linguagem mais simples
Que lábios infantis podem experimentar.
A oração é o clamor mais sublime que atinge
A Majestade nas alturas.

A oração é o hábito vital do crente,
E a sua atmosfera nativa.
É o seu lema às portas da morte,
Pois ele entra no céu pela oração.

A oração é a voz contrita do pecador,
Que retorna de seus maus caminhos,
Quando anjos se regozijam em cânticos,
E dizem: Eis que ele ora!
Os santos, na oração, aparecem como um só,
Na palavra, nos feitos, na mente,
Quando, com o Pai e o Filho,
Encontram seu companheirismo.

Nenhuma oração é feita apenas no mundo;
Pois o Espírito Santo intercede
E Jesus, no trono eterno,
Intercede pelos pecadores.

E tu, por meio de que, chegaste a Deus!
Vida, Verdade e Caminho,
Tu mesmo palmilhaste o caminho da oração,
Senhor, ensina-nos como orar.
(Montogomery)

Para pensar:
- Qual a diferença entre oração e intercessão?
- Crie uma frase bem original sobre oração.

19. O rico insensato

"E propôs-lhes uma parábola, dizendo: a herdade de um homem rico tinha produzido com abundância.

E arrazoava ele entre si, dizendo: Que farei? Não tenho onde recolher os meus frutos.

E disse: Farei isto: derribarei os meus celeiros, e edificarei outros maiores, e ali recolherei todas as minhas novidades e os meus bens; e direi à minha alma: alma, tens em depósito muitos bens, para muitos anos; descansa, come, bebe e folga.

Mas Deus lhe disse: Louco, esta noite te pedirão a tua alma, e o que tens preparado para quem será?

Assim é aquele que para si ajunta tesouros e não é rico para com Deus" (Lc 12.16-21).

O porquê da parábola: Jesus queria comentar sobre a atitude dos ricos, eles são geralmente cheios de desígnios sobre esta vida, mas em geral não meditam na eternidade até que os seus bens e suas vidas lhes sejam arrancados.

Princípio moral: O melhor investimento do homem é quando este emprega os seus bens para socorrer o necessitado. Agir de forma humanitária ainda é a melhor opção de vida, pois seu gesto abençoa os homens e agrada a Deus. Atualmente, a filantropia começa a despertar uma ressonância, de modo que muitos ricos têm se dedicado à caridade e isso tem contribuído para o surgimento de um sentimento de solidariedade humana. Esse sentimento representa hoje a grande aspiração do pobre, mas na parábola o homem rico não foi solidário com o pobre e necessitado.

Princípio espiritual: A parábola traça o perfil de um homem ganancioso que tinha sua riqueza para si mesmo. Guardou tanto que não tinha mais lugar para colocar sua riqueza, precisou aumentar os armazéns para esconder tudo o que possuía. Ele preocupou-se tanto com o dinheiro, que esqueceu de providenciar um lugar seguro para guardar a sua verdadeira riqueza — a alma.

Discussão em grupo

- Como tem sido o seu investimento para a vida após a morte?
- Jesus encontrou um jovem que não quis dividir suas riquezas, só se preocupava em ajuntar e construir novos celeiros.
- Você dividiria seus bens com um necessitado?

Dinâmica - Injustiça

Objetivo: Levar o grupo a expressar opinião sobre aqueles que pertencem às classes sociais mais favorecidas e aqueles que pertencem às menos favorecidas.

Material: Fotos de pessoas ricas e seus bens, e de pessoas pobres e suas necessidades.

Procedimento: Prepare fotos e manchetes de revistas ou jornais e espalhe pelo local onde acontecerá a reunião. Convide os participantes a caminharem por entre o material, observando, em silêncio, os ricos e a forma como ganham e usam os seus bens, e os pobres e desprezados. Depois de certo tempo, cada um deverá pegar uma foto ou manchete que expresse um sinal de avareza e egoísmo e que muito lhe chamou a atenção, e ao mesmo tempo cada um deverá pegar também uma foto que expresse miséria, fome e pobreza que lhe chamou a atenção.

Sentados, inicia-se um debate, cada um justificando suas escolhas.

Aplicação prática:
- Em que essa dinâmica me fez pensar?
- O que me fez sentir?

Texto para reflexão

O rico insensato vive constantemente semeando o ouro, conhece bem o metal em que tem fé. Ele anda sem saber para onde vai, caminha tateando como folha seca levada ao sabor dos ventos. Ele não conhece o gemido do pobre, nem pára para socorrer o aflito. Suas mãos estão ocupadas com as pepitas douradas e com o brilho do diamante. Constrói palácios para os herdeiros e esquece de construir uma simples morada para os dias gelados.

Respondendo francamente:
- Qual a sua maior preocupação no momento?
( ) Riqueza ( ) A morte ( ) A saúde ( ) O prazer ( ) A felicidade
( ) Vida após a morte ( ) Ministério da Palavra.
- De acordo com a sua opção declare o porquê da escolha?

20. O servo vigilante

"Estejam cingidos os vossos lombos, e acesas, as vossas candeias.

E sede vós semelhantes aos homens que esperam o seu senhor, quando houver de voltar das bodas, para que, quando vier e bater, logo possam abrir-lhe.

Bem-aventurados aqueles servos, os quais, quando o Senhor vier, achar vigiando! Em verdade vos digo que se cingirá, e os fará assentar à mesa, e, chegando-se, os servirá.

E, se vier na segunda vigília, e se vier na terceira vigília, e os achar assim, bem-aventurados são os tais servos.

Sabei, porém, isto: se o pai de família soubesse a que hora havia de vir o ladrão, vigiaria e não deixaria minar a sua casa.

Portanto, estai vós também apercebidos; porque virá o Filho do Homem à hora que não imaginais.

E disse-lhe Pedro: Senhor, dizes essa parábola a nós ou também a todos?

E disse o Senhor: Qual é, pois, o mordomo fiel e prudente, a quem o senhor pôs sobre os seus servos, para lhes dar a tempo a ração?

Bem-aventurado aquele servo a quem o senhor, quando vier, achar fazendo assim.

Em verdade vos digo que sobre todos os seus bens o porá.

Mas, se aquele servo disser em seu coração: O meu senhor tarda em vir, e começar a espancar os criados e criadas, e a comer, e a beber, e a embriagar-se, virá o Senhor daquele servo no dia em que o não espera e numa hora que ele não sabe, e separa-lo-á, e lhe dará a sua parte com os infiéis.

E o servo que soube a vontade do seu senhor e não se aprontou, nem fez conforme a sua vontade, será castigado com muitos açoites.

Mas o que a não soube e fez coisas dignas de açoites com poucos açoites será castigado. E a qualquer que muito for dado, muito se lhe pedirá, e ao que muito se lhe confiou, muito mais se lhe pedirá" (Lc 12.35-48).

O porquê da parábola: Jesus queria deixar, antes de partir, uma palavra de advertência a todos que têm responsabilidade pelo rebanho de Deus. Na parábola, Jesus estaria alertando que o juízo seria severo para todos aqueles a quem foi confiada autoridade.

Princípio moral: Toda sociedade é organizada numa hierarquia de autoridade, na qual, cada um é responsável perante uma autoridade superior. O mesmo encadeamento de responsabilidade se verifica na família de Deus, quando um homem infringe uma de suas responsabilidades, deve responder pelo seu ato perante a justiça. As Escrituras ensinam que haverá níveis de punições para todos que não foram responsáveis com as tarefas.

Princípio espiritual: O servo infiel tornou-se tirano e beberrão, porque não sentia obrigação de obedecer às ordens confiadas a ele, tendo preferido trabalhar negligentemente; então, será responsável de acordo com a sua posição, sendo julgado mais severamente por suas falhas na realização das funções, enquanto o fiel será galardoado na presença da corte divina.

Discussão em grupo

- Você tem o hábito de terminar as tarefas que são confiadas a você?
- Qual a sua opinião pessoal sobre responsabilidade?
- A irresponsabilidade e falta de compromisso do servo da parábola também são encontradas em pessoas dentro da comunidade evangélica? Justifique a resposta.

Dinâmica - O diploma

Objetivo: Permitir a troca de informação pessoal durante o tempo de convivência em grupo.

Material: Um papel em branco e caneta.

Procedimento: Cada elemento do grupo recebe o papel em branco onde deverá fazer as margens de seu diploma e escrever o seu nome. A seguir, os diplomas são trocados para que cada pessoa escreva uma frase original sobre o seu colega. Deve-se escrever principalmente algo importante acerca da sua atuação no grupo.

Quando todos encerrarem o registro de sua apreciação, o diploma retorna ao dono, para que observe as apreciações dos colegas. Cada um fará um comentário sobre as frases dos colegas.

Aplicação prática:

- O que você escreveria no diploma do servo vigilante da parábola?
- O que você escreveria no diploma do servo desatento da parábola?
- O que você escreveria no seu diploma durante os três últimos anos na casa de Deus?
- Para que serviu a dinâmica?

"Bem está, servo bom e fiel. Sobre o pouco foste fiel, sobre o muito te colocarei; entra no gozo do teu senhor" (Mt 25.21).

Texto para reflexão

O servo

Vamos falar de heróis anônimos. Homens que não têm seus nomes escritos em placas de bronze. São os servos abnegados, incansáveis no exercício da misericórdia, descendo abismos em busca da ovelha perdida, consertando algumas peças na carpintaria de Jesus, plantando e colhendo a semente do amor.

Estão sempre contando histórias, ensinando o caminho da vida, mostrando a todos o caminho do céu.

Eles constróem edifícios invisíveis; utilizam as lágrimas para fazer a argamassa a fim de levantar as paredes, fazendo prédios que depois de prontos são tabernáculos para Deus.

Homens marcados com alegrias e tristezas, que são exemplos de coragem e muita humildade.

Esses heróis são os servos que, já cansados, curvam-se sobre os seus corpos, esperando a recompensa de seus trabalhos como mordomos fiéis em sua jornada.

Respondendo francamente:

- Em que o texto me faz pensar?
- Você tem procurado ajudar e interceder pelos mordomos fiéis?
- Como posso ajudar uma pessoa a melhorar a falta de compromisso em ralação as suas tarefas?
- Qual a frase que você falaria para um homem com o perfil que o texto apresentou?

21. A figueira estéril

"E dizia esta parábola: Um acerto homem tinha uma figueira plantada na sua vinha e foi procurar nela fruto, não o achando.

E disse ao vinhateiro: Eis que há três anos venho procurar fruto nesta figueira e não o acho; corta-a. Por que ela ocupa ainda a terra inutilmente?

E, respondendo ele, disse-lhe: Senhor, deixa-a este ano, até que eu a escave e a esterque; e, se der fruto, ficará; e, se não, depois a mandarás cortar" (Lc 13.6-9).

O porquê da parábola: A parábola é uma continuação dos discursos de Jesus sobre o julgamento iminente que sobreveio à Jerusalém, no ano 70 d.C. Jesus estava muito triste com o seu povo, pois este tivera tempo mais do que suficiente para produzir frutos, porém se tornou estéril. A nação rejeitou todas as oportunidades de conserto, só lhe restando receber o juízo.

Princípio moral: A rebeldia era um traço característico da fase de transição pela qual passava a nação de Israel. Rebeldia contra a autoridade de Deus, contra os padrões de comportamento e contra as normas e valores divinos estabelecidos. Os judeus não podiam prever o resultado da rejeição e adulteração ao mandamento divino, pois repudiaram os princípios morais e espirituais que Jesus pretendia transmitir-lhes. Apesar da situação de rebeldia, a parábola apresenta a revogação de tempo na esperança de um arrependimento de suas obras más.

Princípio espiritual: Mesmo depois da morte e ressurreição de Jesus, a árvore continuou infrutífera, os líderes religiosos não aproveitaram o tempo concedido por Deus com arrependimento e mudança de conduta. A árvore foi então arrancada e outra plantada em seu lugar — a Igreja. Sua destruição aconteceu, quando Jerusalém foi completamente destruída pelos romanos por ordens de Tito; a partir dessa data, nenhum judeu tinha permissão de habitar em Jerusalém.

Muitos crentes também são como Israel, têm tempo bastante para se arrepender de suas obras infrutuosas, mas não conseguem abandonar o pecado e frutificar para Deus. Sobre estes, também poderá vir repentina destruição.

Discussão em grupo

- Você têm frutificado bastante?
- Quem tem se alimentado dos seus frutos?
- Caso esteja sem frutos, o que está fazendo para melhorar?

Dinâmica - As duas árvores

Objetivo: Comparar a vida de pessoas que estão em comunhão com Deus, cheias de bênção, com aquelas que não conseguem produzir bens para si, nem para o próximo; são estéreis em todos os aspectos. A melhor forma de ajudá-los é injetar ânimo e orar para que o quadro espiritual melhore.

Material: Duas árvores feitas de papel: uma terá frutos pendurados numa linha para serem arrancados no momento da dinâmica, e a outra só terá as folhas.

Procedimento: Coloque as duas árvores em pé diante dos alunos, a primeira deve estar bem cheia de frutos. Cada componente do grupo vai até a árvore e retira um fruto, escrevendo atrás o nome do fruto do espírito que seu coração gerou durante o dia e também escreverá o nome da pessoa que se alimentou dele. Guarde o fruto como recordação da boa ação praticada naquele dia. Na segunda árvore, sem frutos, os alunos irão prescrever uma "receita bíblica" para a árvore começar a frutificar. Enrole as receitas e pendure nas folhas da árvore com uma fitinha colorida.

Quando todos tiverem terminado, cada pessoa vai até a árvore estéril, retira uma receita e faz uma leitura. A pessoa que escreveu poderá se identificar, justificando o motivo do receituário.

"Mas o fruto do Espírito é: caridade, gozo, paz, longanimidade, benignidade, bondade, fé, mansidão, temperança" (Gl 5.22).

Aplicação prática:

- Você se parece com qual árvore?
- Se a vida espiritual de um componente do grupo não vai bem você prescreveria um receituário?
- Pense numa maneira de orientar alguém muito especial que está precisando dar mais frutos.

Texto para reflexão

O leilão

Uma das piores armas que impede a frutificação é o desânimo, por isso, devemos evitar este estado de apatia. Para gerar bons frutos, precisamos adquirir uma força de vontade bem vigorosa e contagiante, pois sem uma fé constante não há frutos, nem alegria. Aquele que confia e é determinado, incansável em seu viver diário, esse alcançará forças em Deus para prosseguir. Por isso reflita mais sobre o assunto através do texto abaixo:

"Resolveu o demônio aposentar-se e pôr em leilão os seus meios de vida. Na sala, havia (pelas paredes) várias artes de Belzebu, cada qual com o seu preço-base para o leilão. Assim estavam as seguintes atividades: matar, adulterar, furtar; cada maldade com seu preço. Mas havia outros artigos que não pareciam tão perigosos, como o medo, a tristeza e, especialmente, o desânimo com preços astronômicos. "Por que estas artes diabólicas são tão mais caras que aquelas?", perguntou alguém ao Diabo. Ele explicou: "É que com as primeiras eu só consigo tentar as pessoas já comprometidas comigo; mas com as últimas eu consigo conquistar o que há de mais alto no nível social, moral e espiritual — os estadistas, os líderes sociais, os professores, os pastores, os poetas, os escritores".

Respondendo francamente:

- Desânimo é uma arma letal, como você pode fazer para evitar o seu ataque?
- A frutificação fica prejudicada quando não vencemos as dificuldades exteriores e interiores. O que mais tem atacado a sua vida espiritual?
- Qual o conselho que daria a um desanimado?

22. A ovelha perdida

"E ele lhes propôs esta parábola, dizendo: Que homem dentre vós, tendo cem ovelhas e perdendo uma delas, não deixa no deserto as noventa e nove e não vai após a perdida até que venha a achá-la?

E, achando-a, a põe sobre seus ombros, cheio de júbilo; e, chegando à sua casa, convoca os amigos e vizinhos, dizendo-lhes: Alegrai-vos comigo, porque já achei a minha ovelha perdida.

Digo-vos que assim haverá alegria no céu por um pecador que se arrepende, mais do que por noventa e nove justos que não necessitam de arrependimento" (Lc 15.3-7).

O porquê da parábola: A parábola foi escrita para indicar a forma amorosa com que Deus cuida dos seus filhos indefesos. Jesus também queria que seus ouvintes reconhecessem que seu amor pelos homens era incondicional. A figura do homem ocupado que deixou as noventa e nove para ir em busca de uma mostra o grande valor que uma alma tem para Deus.

Princípio moral: O amor é o mais nobre sentimento, pois consiste, em sua essência, em querer o bem do outro. O verdadeiro amor sabe compreender as fraquezas, sem justificá-las; sabe valorizar as qualidades, sem lisonjeá-las; ele se manifesta, não apenas por palavras de carinho, mas por gestos e obras. Todos os problemas sociais seriam fáceis de resolver, se os homens realmente se amassem como irmãos que de fato são. O amor constrói, enquanto o ódio só sabe destruir. É no amor que se edifica a Igreja de Deus. A tarefa mais urgente da igreja é dar amor, combatendo todas as formas de egoísmo e individualismo.

Princípio espiritual: Deus não quer que pereça nenhum de seus filhos. O resgate da ovelha foi um trampolim para apresentar o real amor de Deus e também para o ferido entender que é muito amado pelo seu dono — o pastor.

Discussão em grupo

- Como você tem demonstrado amor pelas pessoas ao seu redor?
- Você já enfrentou perigos para defender uma pessoa desconhecida?
- Você já organizou uma festa de boas-vindas para uma pessoa que se desgarrou do grupo?

- Defina com poucas palavras um projeto para resgatar as pessoas que se desviaram do grupo.

Dinâmica - A porta

Objetivo: Refletir sobre os momentos de sofrimento, quando o socorro vem através de uma pessoa com o coração cheio de amor e misericórdia.

Material: Um tapa olho, um apito, um cartaz com o desenho de um aprisco de ovelhas e um portão cortado, separado.

Procedimento: O líder divide o grupo em duas equipes com o mesmo número de participantes. É apresentado um cartaz com o desenho de um curral de ovelhas. Cada equipe vai tentar colocar a porta no aprisco com os olhos vendados durante dois minutos. Ao tocar o apito uma vez, começa-se as tentativas e ao tocá-lo duas vezes, encerra-se. O grupo que mais se aproximar do alvo irá comentar sobre a importância de entrar pela porta, após um período perdido.

As duas primeiras pessoas escolhidas devem ser aquelas que chegaram há pouco tempo no grupo.

Será vencedor o grupo que se aproximou mais vezes do alvo.

Aplicação prática:

- Que proveito trouxe este exercício?
- Você já se sentiu espiritualmente perdido e ferido?
- O que sentiu quando foi recebido calorosamente no grupo?

Texto para reflexão

A igreja

A igreja não é parede, antes, é o lugar onde a família de Deus vive ligada pelo amor, respeito mútuo e confiança. Os seus membros, muitas vezes, vivem em lares humildes e outros moram em palácios. Uma igreja pode estabelecer-se num prédio esplêndido ou num lugarzinho simples, todavia, ela é o refúgio contra a concupiscência, cobiça, dissensão, ódio, suspeita, desconfiança, egoísmo e incredulidade.

Uma igreja é o porto onde a alma pode ancorar e ficar segura, enquanto ao largo se encrespam as ondas da maldade, rugem as tempestades e tribulações.

Uma igreja é a fortaleza cujo lugar são abrigadas as forças armadas do amor, bondade, verdade, paz e alegria.

Uma igreja é o santuário na qual a fé é a âncora da alma segura e firme, lugar cheio da presença de Deus. Ali é a antecâmara do céu; lugar seguro, onde todos jamais devem rejeitar um irmão, mas sim viver em comunhão no temor do Senhor, na fé em Jesus Cristo, cheios da presença do Espírito Santo.

Respondendo francamente:

- Você já escapou da casa do Senhor?
- Como você pode ajudar um irmão que se desgarrou?
- Qual a melhor maneira de impedir que uma pessoa não saia da casa de Deus?
- Em que você tem contribuído para isso?

23. O filho pródigo

"E disse: Um certo homem tinha dois filhos.

E o mais moço deles disse ao pai: Pai, dá-me a parte da fazenda que me pertence. E ele repartiu por eles a fazenda.

E, poucos dias depois, o filho mais novo, ajuntando tudo, partiu para uma terra longínqua e ali desperdiçou a sua fazenda, vivendo dissolutamente.

E, havendo ele gastado tudo, houve naquela terra uma grande fome, e começou a padecer necessidades.

E foi e chegou-se a um dos cidadãos daquela terra, o qual o mandou para os seus campos a apascentar porcos.

E desejava encher o seu estômago com as bolotas que os porcos comiam, e ninguém lhe dava nada.

E, caindo em si, disse: Quantos trabalhadores de meu pai têm abundância de pão, e eu aqui pereço de fome!

Levantar-me-ei, e irei ter com meu pai, e dir-lhe-ei: Pai, pequei contra o céu e perante ti.

Já não sou digno de ser chamado teu filho; faze-me como um dos teus trabalhadores.

E, levantando-se, foi para seu pai; e, quando ainda estava longe, viu-o seu pai, e se moveu de íntima compaixão, e, correndo, lançou-se-lhe ao pescoço, e o beijou.

E o filho lhe disse: Pai, pequei contra o céu e perante ti e já não sou digno de ser chamado teu filho.

Mas o pai disse aos seus servos: Trazei depressa a melhor roupa, e vesti-lho, e ponde-lhe um anel na mão e sandálias nos pés, e trazei o bezerro cevado, e matai-o; e comamos e alegremo-nos, porque este meu filho estava morto e reviveu; tinha-se perdido e foi achado. E começaram a alegrar-se.

E o seu filho mais velho estava no campo; e, quando veio e chegou perto de casa, ouviu a música e as danças.

E, chamando um dos servos, perguntou-lhe que era aquilo.

E ele lhe disse: Veio teu irmão; e teu pai matou o bezerro cevado, porque o recebeu são e salvo.

Mas ele se indignou e não queria entrar. E, saindo o pai, instava com ele.

Mas, respondendo ele, disse ao pai: Eis que te sirvo há tantos anos, sem nunca transgredir o teu mandamento, e nunca me deste um cabrito para alegrar-me com os meus amigos.

Vindo, porém, este teu filho, que desperdiçou a tua fazenda com as meretrizes, mataste-lhe o bezerro cevado.

E ele lhe disse: Filho, tu sempre estás comigo, e todas as minhas coisas são tuas.

Mas era justo alegrarmo-nos e regozijarmo-nos, porque este teu irmão estava morto e reviveu; tinha-se perdido e foi achado" (Lc 15.11-32).

O porquê da parábola: Jesus continua ilustrando o amor de Deus pelo pecador. Esse amor agora é ilustrado por um filho perdido, rapaz rebelde que só percebe o valor do lar, quando estava completamente desprezado e pobre, muito distante da casa do pai. Ainda na mesma parábola, Jesus queria que as pessoas reconhecessem que muitos não compreendem o amor e a misericórdia de Deus, tal como o filho mais velho que permaneceu completamente sem afeto para com o irmão que chegou em estado de miséria.

Princípio moral: A parábola enfatiza o poder do livre-arbítrio do homem, tanto para escolher o bem como para preferir o mal. A opção do filho mais novo não foi uma conquista, mas um risco perigoso, pelo seu próprio determinismo. Sua atitude o conduziu à ruína, perdendo a sua liberdade moral.

Princípio espiritual: Há muitos aspectos impressionantes na parábola. O primeiro foi a determinação de voltar e pedir perdão ao pai; o segundo, diz respeito à humildade de se tornar um empregado; o terceiro é a posição do pai, um verdadeiro símbolo do aspecto sacerdotal da obra e do ministério de Jesus; a festa é a alegria gloriosa da salvação no coração do pecador arrependido. Finalmente, a rejeição do filho mais velho retrata a falta de amor que muitos irmãos nutrem pelo pecador, quando esse retorna à casa de Deus.

A parábola deixa claro que a atitude do filho mais velho era de uma pessoa desviada no coração. No momento da festa, ele estava aborrecido. Era a mesma situação dos religiosos e fariseus, que amavam a si mesmos e aborreciam o próximo.

Discussão em grupo

- Em que essa parábola me faz pensar?
- O que me faz sentir?

Dinâmica - O desconhecido

Objetivo: Refletir sobre a forma de tratamento entre os irmãos e pessoas estranhas. Observar também o nível de misericórdia para com aqueles em situação de miséria e abandono.

Procedimento: Convide uma pessoa do grupo, que não tenha muita afinidade com o grupo, para se disfarçar de mendigo. Vista-lhe com roupas rasgadas e maquiem-no da maneira mais real possível. Arrume alguns lixos para um saco sujo, latas, papelão, coisas velhas que os mendigos normalmente carregam.

Oriente que durante a reunião do grupo, o mendigo vai tentar ficar perto das pessoas de forma discreta, mas sem se aproximar muito, só observando o grupo ao longe. Dê tempo para que alguém possa se aproximar dele, enquanto a reunião acontece. É claro que uns acharão engraçado, outros terão medo, alguns não se aproximarão.

Encerre a dinâmica fazendo a leitura da parábola do filho pródigo, ressaltando a rejeição do filho mais velho e depois comparando com a reação das pessoas diante do mendigo presente na reunião.

Apresente a pessoa que encenou o mendigo.

Aplicação prática:

- Qual a sua atitude diante de um morador de rua?

- Você já intercedeu pela salvação de um deles?
- Para você, qual a melhor maneira de ajudar?

O amor de Deus não discrimina nenhum de seus filhos: "Deus não faz acepção de pessoas" (At 10.34).

Poesia para reflexão

De irmão para irmão

Sinta o meu coração bater,
de saudade das brincadeiras,
das gargalhadas às escondidas,
das quedas e travessura.
Mas não me esqueço da igrejinha.
da Escola Dominical,
do silêncio em oração,
do cântico do coral.
Mas entre sempre em oração,
se quiserem nos separar,
se palavras te ferirem
se o amor diminuir.
Sinta o carinho que tenho,
por você, de coração,
por estar sempre comigo
por me pedir perdão.
Pode então contar comigo
para enfrentar o perigo.
para chorar arrependido
para te chamar de amigo.

Respondendo francamente:

- Quais as lembranças entre irmãos que mais marcou você?
- Escreva uma linda frase para o seu irmão.
- Qual a sua opinião sobre pessoas que abandonam seu irmão a ponto de viver nas ruas?
- As pessoas justificam o abandono, falando sobre problemas espirituais. Mas será que Deus não pode libertar através da intercessão cheia de amor e misericórdia?
- O relacionamento do filho pródigo com seu irmão se compara com o relacionamento dos irmãos falados na poesia?

24. O mordomo infiel

"E dizia também aos seus discípulos: Havia um certo homem rico, o qual tinha um mordomo; e este foi acusado perante ele de dissipar os seus bens.

E ele, chamando-o, disse-lhe: Que é isso que ouço de ti? Presta contas da tua mordomia, porque já não poderás ser mais meu mordomo.

E o mordomo disse consigo: Que farei, pois que o meu senhor me tira a mordomia? Cavar não posso; de mendigar tenho vergonha.

Eu sei o que hei de fazer, para que, quando for desapossado da mordomia, me recebam em suas casas.

E, chamando a si cada um dos devedores do seu senhor, disse ao primeiro: Quanto deves ao meu senhor?

E ele respondeu: Cem medidas de azeite. E disse-lhe: Toma a tua conta e, assentando-te já, escreve cinqüenta.

Disse depois a outro: E tu quanto deves? E ele respondeu: Cem alqueires de trigo. E disse-lhe: Toma a tua conta e escreve oitenta.

E louvou aquele senhor o injusto mordomo por haver procedido prudentemente, porque os filhos deste mundo são mais prudentes na sua geração do que os filhos da luz.

E eu vos digo: granjeai amigos com as riquezas da injustiça, para que, quando estas vos faltarem, vos recebam eles nos tabernáculos eternos.

Quem é fiel no mínimo também é fiel no muito; quem é injusto no mínimo também é injusto no muito.

Pois, se nas riquezas injustas não fostes fiéis, quem vos confiará as verdadeiras?

E, se no alheio não fostes fiéis, quem vos dará o que é vosso?

Nenhum servo pode servir a dois senhores, porque ou há de aborrecer a um e amar ao outro ou se há de chegar a um e desprezar ao outro. Não podeis servir a Deus e a Mamom" (Lc 16.1-13).

O porquê da parábola: Nesta parábola, talvez Jesus estivesse falando sobre a maneira fraudulenta dos fariseus administrarem o Templo. Sua mordomia era duvidosa. Os fariseus não estavam acostumados a serviços pesados, por isso, faziam alianças para garantir uma velhice decente, sem esmolar. Jesus se referiu a este negócio oculto como uma atitude sábia em relação à segurança terrena. Os filhos de Deus precisam também arquitetar projetos sábios para viverem no mundo e também em relação ao seu futuro com Deus.

Princípio moral: A atitude de engano é um artifício malicioso empregado para prejudicar alguém ou obter vantagens ilícitas. O que caracterizou a fraude na parábola foi a má fé do mordomo em favorecer os credores, o intuito preconcebido de enganar o seu patrão. A astúcia do mordomo mereceu admiração, não por causa do que fizera, mas em virtude do óbvio esforço mental empregado no traçado de tão fraudulento plano. O proprietário percebeu a fraude, mas admirou a sua astúcia.

Princípio espiritual: Todos os homens passarão pelo crivo de Deus no dia final, ali todos prestarão contas do serviço prestado na mordomia da casa de Deus. A parábola elogia os mundanos, esses são mais astutos em sua expressão de sabedoria que os filhos da luz; não são astutos em sua expressão de sabedoria espiritual.

Discussão em grupo

- O que é sabedoria?
- A sabedoria é a ferramenta do servo. Você tem utilizado sabiamente esse instrumento de serviço?
- Você tem planejado o serviço para Deus a curto, médio e longo prazo?
- Comente a sabedoria mundana usada pelo mordomo infiel?

Dinâmica - O julgamento

Júri simulado - Julgamento do mordomo infiel

Antes de iniciar a atividade, peça que o grupo comece a refletir como acontece um julgamento em nossa sociedade. Depois, comece a atividade de forma bem dinâmica e participativa.

Primeiramente, divida o grupo em duas turmas. Cada um escolhe o seu relator. Escolhe-se também o juiz, tanto o de acusação como o de defesa, e alguém para controlar o tempo. Coloca-se, à vista, um cartaz com o título "A infidelidade no serviço" e junto ao título, um símbolo do julgamento. Neste julgamento, pode ser apresentada uma carteira de trabalho.

O promotor, o advogado de defesa e o acusador terão oito minutos para apresentar alternadamente a questão. Finalmente, os jurados terão de votar, condenando ou absolvendo o réu da parábola.

Quando a sentença for lavrada, começa-se a discussão sobre o resultado, avaliando-se comportamentos, tendências e argumentos. A discussão é realizada de acordo com a leitura dos relatores.

Aplicação prática:

- Quais são as leis jurídicas do país?
- Qual a Lei Áurea deixada para a Igreja?
- Você tem cumprido a lei que Cristo deixou para nós?
- O mordomo agiu fraudulentamente. Qual a sua opinião a respeito de sua conduta?

Texto para reflexão

O homem

Existe um homem que não se esmera no cumprimento do dever e não dá bom exemplo;

que fica irritado, quando poderia se humilhar; que grita à distância a fim de ser observado;

que, com coração exaltado, se embrutece para se impor como juiz inflexível;

que, na ausência do senhor, torce as ordens para criar uma ação incorreta;

que quase sempre é chamado de patrão ao invés de servo;

que apenas passa o dia dando ordens nos grandes salões, não se preocupando com o futuro;

que, ao fim do dia, avidamente regressa ao lar para gastar livremente os bens do seu senhor;

que está sempre pronto para ofender uma pessoa ou agir com uma atitude que entristece e humilha o irmão;

que, muitas vezes, passa noites bem dormidas, sem consultar o senhor da seara qual é a real necessidade da obra;

que é desumano e insensível, por isso, normalmente, não sente amor e não tem misericórdia do aflito;

que vibra, se emociona e se orgulha dos seus próprios feitos.

Esse homem geralmente recebe o futuro com muito medo e temor.

Respondendo francamente:

- Quais as dificuldades que a igreja enfrenta quando existem homens infiéis exercendo a mordomia?
- O infiel está sempre assustado com o fantasma do medo, ele teme que seja descoberto nas suas práticas enganosas. Qual a sua opinião sobre o assunto?
- Faça um comentário entre a vergonha, o medo de ser descoberto e a coragem para enganar.

25. O rico e Lázaro

"Ora, havia um homem rico, e vestia-se de púrpura e de linho finíssimo, e vivia todos os dias regalada e esplendidamente.

Havia também um certo mendigo, chamado Lázaro, que jazia cheio de chagas à porta daquele.

E desejava alimentar-se com as migalhas que caíam da mesa do rico; e os próprios cães vinham lamber-lhe as chagas.

E aconteceu que o mendigo morreu e foi levado pelos anjos para o seio de Abraão; e morreu também o rico e foi sepultado.

E, no Hades, ergueu os olhos, estando em tormentos, e viu ao longe Abraão e Lázaro, no seu seio.

E, clamando, disse: Abraão, meu pai, tem misericórdia de mim e manda a Lázaro que molhe na água a ponta do seu dedo e me refresque a língua, porque estou atormentado nesta chama.

Disse, porém, Abraão: Filho, lembra-te de que recebeste os teus bens em tua vida, e Lázaro, somente males; e, agora, este é consolado, e tu, atormentado.

E, além disso, está posto um grande abismo entre nós e vós, de sorte que os que quisessem passar daqui para vós não poderiam, nem tampouco os de lá, passar para cá.

E disse ele: Rogo-te, pois, ó pai, que o mandes à casa de meu pai, pois tenho cinco irmãos, para que lhes dê testemunho, a fim de que não venham também para este lugar de tormento.

Disse-lhe Abraão: Eles têm Moisés e os Profetas; ouçam-nos.

E disse ele: Não, Abraão, meu pai; mas, se algum dos mortos fosse ter com eles, arrepender-se-iam.

Porém Abraão lhe disse: Se não ouvem a Moisés e aos Profetas, tampouco acreditarão, ainda que algum dos mortos ressuscite" (Lc 16.19-31).

O porquê da parábola: Mais uma vez Jesus utiliza uma narrativa como símbolo de realidades espirituais. A parábola vai apresentar, em seu discurso, temas subjetivos: morte e vida, presente e futuro, pobres e ricos, inferno e paraíso, caridade e recompensa. Com esses assuntos, Jesus queria que houvesse uma reflexão e até mudança de atitudes em relação a vida diária. A melhor garantia para um futuro seguro é viver ajudando sempre o aflito e necessitado ao seu redor, isto é, investir em piedade e misericórdia.

Princípio moral: O assunto da parábola que mais chama a atenção era a forma de viver dos dois homens. Um vivia em completa miséria, o outro numa afluência de bens que lhe permitia a satisfação não só das necessidades básicas, mas também das exigências do conforto e do luxo. Indiretamente, esses bens lhe permitiam uma satisfação plena, sem preocupar-se com o futuro, nem com o simples mendigo à sua porta. A riqueza é um bem ambíguo, faz escravos, quando se impõe como fim supremo de uma vida humana, ou liberta, quando assumida como responsabilidade e meio de promover o bem.

O rico não podia ignorar um homem em estado de miséria em sua porta e não fazer nada para mudar aquela situação de pobreza. A participação em qualquer iniciativa eficaz, visando a vitória sobre o estado do pobre, era um dever mais urgente de solidariedade humana.

Princípio espiritual: A maior lição diz respeito à vida do pobre, que não encontrou ajudador. Deus era o seu único companheiro naquela estrada de dificuldade e doença, mas quando entrou na vida eterna, Deus o introduziu às suas riquezas e a uma atmosfera de sossego e paz, enquanto no abismo o rico estava atormentado pelo fogo e cheio de pavor. As lembranças da família e medo dos seus queridos terem a mesma sorte que ele atormentavam a sua alma.

Discussão em grupo

- Há injustiça da parte de Deus?
- Qual a sua opinião sobre injustiça social?
- O que esta parábola me faz sentir?
- Qual a sua opinião da vida após a morte?
- Você já imaginou um amigo seu na mesma situação do rico, em tormentos no abismo?

Dinâmica - O colar

Objetivo: Analisar os valores terrenos e refletir sobre os valores que toda criatura precisa investir para garantir, na eternidade, um futuro tranqüilo.

Material: Flores de papel colorido para fazer um colar bem alegre, barbantes para enfiar as flores recortadas e pedrinhas feitas de isopor pintado de cinza.

Procedimento: O líder irá colocar as flores e as pedrinhas diante da classe. Cada participante levantará, pegará as flores coloridas e escreverá somente o nome dos bens materiais adquiridos através da vida profissional: vestuário, eletrodomésticos, imóveis, automóveis ou recursos diversos que favoreçam uma vida sem muitas dificuldades, inclusive a saúde e capacidade de gerar bens em tudo que faz. Caso a pessoa tenha colhido no mundo mais dificuldades que riquezas e alegrias, irá pendurar as pedrinhas junto com as flores, já que o colar vai ser formado conforme o com o número de dificuldades e bênçãos recebidas. Essas dificuldades podem ser por causa do desemprego, doenças, desajuste na vida familiar, desequilíbrio emocional, etc. O tamanho do colar e o número de flores e pedras vão depender dos benefícios ou problemas na vida pessoal.

Quando todos tiverem feito os colares, o líder começa a cantar um corinho sobre o amor e pede que todos troquem o seu colar com o vizinho. Após o louvor, realize um momento de oração para que cada um interceda pela dificuldade do companheiro.

"Levai as cargas uns dos outros, e assim cumprireis a lei de Cristo" (Gl 6.2).

Aplicação prática:

- Se você ganhasse um grande prêmio com quem dividiria?
- Para que serviu a dinâmica?

Texto para reflexão

A morte

As glórias de nosso sangue e posição
São sombras, e não coisas substanciais.

Não há armaduras contra a Morte;
Ela põe as mãos geladas em reis:

Cetro e coroa
Têm de cair,
E no pó se tornam iguais
Com o pobre enterrado à pá.

Alguns com máquinas colhem os campos,
E plantam novos lauréis onde matam;
Mas seus fortes nervos por fim devem ceder;
Só conseguem dominar quando jazem enfim:

Cedo ou tarde,
Descem ante a sorte,
E devem desistir de seu hálito e murmúrio
E então, pálidos cativos, se arrastam para a morte.

Suas grinaldas secam em vossa fronte;
E não mais se ufanam de seus grandes feitos!
Sobre o purpurino altar da Morte, vede agora
Onde a vítima vitoriosa ainda sangra.

Vossas cabeças terão de chegar
Ao túmulo frio.
Somente as ações dos justos,
Perfuram e florescem no seu pó.
(James Shirley)

Respondendo francamente:
- Em que esta poesia me faz pensar?
- O que ela me faz sentir?

26. O juiz iníquo

"E contou-lhes também uma parábola sobre o dever de orar sempre e nunca desfalecer, dizendo: Havia numa cidade um certo juiz, que nem a Deus temia, nem respeitava homem algum.

Havia também naquela mesma cidade uma certa viúva e ia ter com ele, dizendo: Faze-me justiça contra o meu adversário.

E, por algum tempo, não quis; mas, depois, disse consigo: Ainda que não temo a Deus, nem respeito os homens, todavia, como esta viúva me molesta, hei de fazer-lhe justiça, para que enfim não volte e me importune muito.

E disse o Senhor: Ouvi o que diz o injusto juiz.

E Deus não fará justiça aos seus escolhidos, que clamam a ele de dia e de noite, ainda que tardio para com eles?

Digo-vos que, depressa, lhes fará justiça. Quando, porém, vier o Filho do Homem, porventura, achará fé na terra?" (Lc 18.1-8)

O porquê da parábola: O propósito da parábola seria ilustrar de uma maneira prática a persistência geral na oração. Jesus queria que as pessoas exercitassem essa prática, sem desanimar ou desistir por causa de uma barreira temporária. O importante para Deus seria buscar a solução com fervor e constantemente.

Princípio moral: Na parábola, a insistência da mulher diante de sua necessidade levou o juíz a um profundo senso de justiça por causa da sua incessante busca de solução para o seu problema, mesmo sendo ele um ímpio, caracterizado pela falta de temor a Deus e pela desconsideração para com os semelhantes. A perseverança e insistência dela foram a chave para a sua vitória, por isso seu gesto foi louvável diante de todos.

Princípio espiritual: Jesus queria esclarecer também que a demora de respostas não pode ser encarada como uma punição, mas como um período de preparo para a chegada da bênção. O socorro de Deus é algo que nos está absolutamente assegurado.

Discussão em grupo

- Você já esteve numa situação similar à questão abordada na parábola?
- A sua fé já removeu grandes montanhas ou algumas pedrinhas?
- Qual a melhor maneira de parabenizar a viúva pela sua vitória?

Dinâmica - O móbile

Objetivo: Provocar atitude de perseverança diante das dificuldades do dia-a-dia. As muitas lutas levam o guerreiro a se esgotar por causa das muitas provações.

Material: Papel, linha, lápis, cola, pedaço de madeira escrito "oração".

Procedimento: Entregue uma folha de papel para que cada pessoa desenhe algo de que mais necessita no momento.

Se a dificuldade estiver relacionada com a família, deve-se desenhar uma casa e recortá-la. Atrás do desenho, escreve-se a necessidade. Se a dificuldade estiver relacionada com a vida pessoal, o desenho será uma silhueta de pessoa e também deverá ser recortada. Nela, escreve-se aquilo que mais se precisa no momento. Se a necessidade estiver relacionada com a vida espiritual, o desenho será de uma igreja. Escreve-se ali o que falta para se tornar um cristão realizado. Quando os desenhos estiverem prontos, entregue a linha e o pedaço de madeira para que confeccionem um móbile. Quando todos terminarem, o móbile será apresentado a Deus através da oração. Depois pendure na sala, para que interceda por ele até o próximo encontro.

Aplicação prática:

- Qual a importância da dinâmica no momento?
- Você está disposto a ajudar o seu amigo obter vitória diante das dificuldades?

Texto para reflexão

As pedras rolam

As dificuldades podem ser comparadas com as pedras que encantam os olhos de todo homem. Elas são, geralmente, pequenos fragmentos despendidos de alguma rocha, esses que são burilados pela ação das águas dos rios ou por vários processos naturais, dando formato às pedras. A agressão natural da água em vários estados sobre as pedras traz verdadeiras lições de perseverança, pois tal como a água dos rios vai empurrando as pedras a ponto de polirem e se tornarem arredondadas. As nossas orações também vão pressionando as dificuldades com as lágrimas, até que verdadeiros rochedos se tornem pedrinhas preciosas de muito valor. Deus deixou-nos essas lições da natureza para que pusséssemos refletir e nos fortalecer. Às vezes, nossos clamores se tornam verdadeiras cachoeiras de lágrimas ou queda d'água, que descem com tanta força ou subitamente sobre as pedras, fazendo com que as rochas sejam empurradas para outro lugar a fim de que as águas possam correr livremente; a paz e a calma voltam a reinar no coração aflito. Depois, é só juntar as pedrinhas e fazer montanhas de pedras preciosas para comemorar vitórias notáveis.

- Os povos antigos tinham hábito de fazer grandes montes de pedras e comemorar eventos. Atualmente você já fez muitas festas com as pedras das dificuldades ou ainda está empurrando-as com as lágrimas?

27. O fariseu e o publicano

"E disse também esta parábola a uns que confiavam em si mesmos, crendo que eram justos, e desprezavam os outros:

Dois homens subiram ao templo, a orar; um, fariseu, e o outro, publicano.

O fariseu, estando em pé, orava consigo desta maneira: Ó Deus, graças te dou, porque não sou como os demais homens, roubadores, injustos e adúlteros; nem ainda como este publicano.

Jejuo duas vezes na semana e dou os dízimos de tudo quanto possuo.

O publicano, porém, estando em pé, de longe, nem ainda queria levantar os olhos ao céu, mas batia no peito, dizendo: Ó Deus, tem misericórdia de mim, pecador!

Digo-vos que este desceu justificado para sua casa, e não aquele; porque qualquer que a si mesmo se exalta será humilhado, e qualquer que a si mesmo se humilha será exaltado" (Lc 18.9-14).

O porquê da parábola: A parábola exemplifica duas qualidades de religiosos na época de Jesus. Existiam os humildes e arrependidos e os que se tornaram soberbos e confiavam em suas próprias realizações pessoais, desprezando o próximo.

Princípio moral: Na parábola, Jesus apresenta um homem, fariseu, que superestima os próprios méritos com desprezo aos demais. O amor-próprio e a vaidade pessoal fizeram da sua oração um discurso vazio e oco, pois este considerou-se superior a todos em relação a seus dotes espirituais, enquanto o publicano foi equilibrado em seus julgamentos, teve consciência clara de suas deficiências, não como motivo de orgulho, mas de humildade e dependente do perdão e misericórdia de Deus.

Princípio espiritual: Analisando os dois homens no Templo, notamos que o fariseu não se mostrava sensível para com Deus, ele estava mais preocupado com os mandamentos e o cerimonial da lei, e se esqueceu de humilhar-se diante do seu Criador, pois só exibia as suas práticas de forma vaidosa, já que seus pensamentos estavam muito ocupados consigo mesmo; enquanto o publicano não cansava de se culpar, batendo no peito e confessando suas culpas, pois sabia que só a misericórdia de Deus podia livrá-lo do pecado. Sua tristeza pela sua conduta agonizava o seu coração. O seu gesto foi aceito diante de Deus e, consequentemente, perdoado, enquanto o fariseu não recebeu a justificação.

Discussão em grupo

- Qual a sua opinião sobre o orgulho?
- A falta de humildade pode impedir a união no grupo?
- Em que essa parábola me faz pensar?

Dinâmica - Características pessoais

Objetivo: Reconhecer que a falta de humildade impede a manifestação do Espírito Santo no coração exaltado. A melhor forma de alcançar o favor divino é manter-se humilde e dependente da graça de Deus.

Material: Papel e caneta.

Procedimento: Distribua papel e canetas para os participantes, solicitando que cada um trace o seu perfil quando está sozinho e quando está em grupo.

Quando todos tiverem terminado de preencher as fichas, inicie um debate sobre as características do verdadeiro cristão. Sua conduta no grupo é o reflexo de sua vida equilibrada no amor e na dependência do favor divino.

Minhas características (pessoais)	Minhas características (grupo)
1º)____________________	1º)____________________
2º)____________________	2º)____________________
3º)____________________	3º)____________________

Minhas características de expressão (pessoais)	Minhas características de expressão (grupo)
1º)______________________	1º)______________________
2º)______________________	2º)______________________
3º)______________________	3º)______________________

Minhas características de conduta (pessoais)	Minhas características de conduta (grupo)
1º)______________________	1º)______________________
2º)______________________	2º)______________________
3º)______________________	3º)______________________

Minhas características espirituais (pessoais)	Minhas características espiritual (grupo)
1º)______________________	1º)______________________
2º)______________________	2º)______________________
3º)______________________	3º)______________________

Texto para reflexão

"Orar não é o apego a um santuário, mas uma peregrinação infindável do coração. É a espera audaciosa, ardente, e a confiança, os clamores ousados, a sinceridade de alma e um ímpeto inundando o coração e invadindo a mente. Tudo isso é o impulso que nos leva a AMAR AQUELE que perdoa os nossos pecados e nos justifica de toda injustiça."

Respondendo francamente:

a) Como é a sua vida de oração:
( ) Oro normalmente por mim
( ) Sou Intercessor?
( ) Oro muito pouco

Como posso melhorar?

____

b) Minha atitude diante dos desafios
( ) Choro muito sozinho
( ) Compartilho meus problemas
( ) Escondo meus problemas

Por quê?

____

c) Preciso de ajuda
( ) Para minha vida financeira
( ) Para meus problemas conjugais
( ) Para meus projetos na escola

Confia que Deus pode te ajudar?

____

28. A dracma perdida

"Ou qual a mulher que, tendo dez dracmas, se perder uma dracma, não acende a candeia, e varre a casa, e busca com diligência até a achar?

E, achando-a, convoca as amigas e vizinhas, dizendo: Alegrai-vos comigo, porque já achei a dracma perdida.

Assim vos digo que há alegria diante dos anjos de Deus por um pecador que se arrepende" (Lc 15.8-10).

O porquê da parábola: A parábola se parece com a que descreve o encontro da ovelha perdida, e serve para ilustrar mais ainda a maneira de Jesus olhar as classes humildes e desprezadas da sociedade judaica.

Um dos grandes motivos de Jesus anunciar a parábola foi o de manifestar o seu protesto sobre a atitude dos religiosos em desprezar os pequeninos e perdidos.

Princípio moral: Os metais preciosos sempre foram preferidos para moeda por serem raros, duráveis, inalteráveis, sem perda de valor. A dracma perdida fez a mulher descuidada agitar toda a sua vizinhança, pois para ela era um patrimônio, uma moeda de prata que tinha praticamente o mesmo valor do denário romano. Considerando a pobreza em que viviam os habitantes da Palestina naquela época, essas dez dracmas provavelmente representavam as economias daquela mulher. Isso significava uma grande perda se não a encontrasse.

Princípio espiritual: A mulher da parábola esteve ocupada, durante uma boa parte do dia, em busca da moeda perdida. Precisou procurar em todos os lugares com uma candeia nas mãos. O regozijo ao encontrar o bem foi tão grande que convidou várias pessoas para festejar o aparecimento do bem.

Aquele momento de alegria foi comparado por Jesus com a atitude de arrependimento e reencontro do pecador com o seu Deus, o momento especial em que a alma volta-se para Deus com o coração carente e contrito; esse momento de alegria provoca júbilo em Deus e nos exércitos celestiais.

Discussão em grupo

- Quais os fatos que mais chamam a atenção na parábola?
- Você já fez um faxina espiritual para encontrar algum sentimento de grande valor que foi perdido nas cavernas de sua alma?
- Precisou de ajuda ou foi fácil de achar?
- Quando você achou sua jóia preciosa festejou sozinha ou convidou alguém?

Dinâmica - Escultura

Objetivo: Mostrar que, em muitos momentos difíceis da vida, precisamos pedir ajuda para superar perdas.

Material: Folha de papel em branco e caneta.

Procedimento: Cada grupo recebe o material e o líder começa a dar as instruções sobre a dinâmica.

Em primeiro lugar, pede-se que um grande boneco seja feito na metade da folha. A seguir, cada participante escreverá ao lado do desenho aquilo que for solicitado:

a) Cabeça: escreva as oportunidades perdidas por causa de dificuldade intelectual.

b) Peito: escreva as perdas em relação a sentimento por descontrole emocional ou descuidos diversos.

c) Pernas: escreva perdas financeiras por causa de cansaço e deficiência física.

d) Mãos: escreva sobre as perdas por não agir corretamente no serviço doméstico ou secular.

e) Pés: escreva as perdas por não andar retamente de acordo com os preceitos divinos.

Encerre a dinâmica com uma oração para que as situações perdidas sejam achadas urgentemente.

Texto para reflexão

A soneca

Uma mulher se afastou um pouco do seu filho para olhar os muitos presentes espalhados pela loja recém-inaugurada. Ela foi se distraindo com a beleza do salão, que por alguns instantes se descuidou do menino. Quando a mulher o procurou ao seu lado, não o encontrou. Entrou em pânico. Começou a procurá-lo sem parar; de repente, um grande reboliço foi formado no interior da loja, todos queriam saber sobre a cor da roupa, o tipo de cabelo, qual o sapato, etc. A mulher ficava mais nervosa com o passar do tempo. Quando um empregado foi repor a mercadoria da loja numa das prateleiras, encontrou o menino dormindo embaixo das toalhas.

A mãe acordou o menino dirigindo-lhe uma palavra de severidade e indagando o motivo do sumiço; então o menino falou: "Mãe eu estava cansado e fui tirar uma soneca ali, bem pertinho de você".

Respondendo francamente:

- Um descuido na vida de fé pode trazer grandes estragos?
- Qual a aplicação do texto para a sua vida cristã?
- Você já envolveu desconhecidos nos seus problemas familiares?
- Você já responsabilizou outro por seu descuido?

- Compare a reposta do menino com o cansaço e esgotamento espiritual por excesso de serviço.

- Você já procurou os reais motivos de uma pessoa se afastar da igreja ou simplesmente o chamou de "desviado"?